Nachhaltigkeit liegt uns am Herzen.

Hergestellt in Deutschland
Gedruckt auf FSC®-Papier
Lösungsmittelfreier Klebstoff
Drucklack auf Wasserbasis

Natürlich

magellan

Christiane Rittershausen

Mari – Mädchen aus dem Meer

Im Bann von Gargor

Mari – Mädchen aus dem Meer

Band 1: Das Schildkröten-Orakel
Band 2: Das Amulett des Poseidon
Band 3: Der Geheimbund des Nautilus
Band 4: Im Bann von Gargor

Christiane Rittershausen

MARI

Mädchen aus dem Meer

Im Bann von Gargor

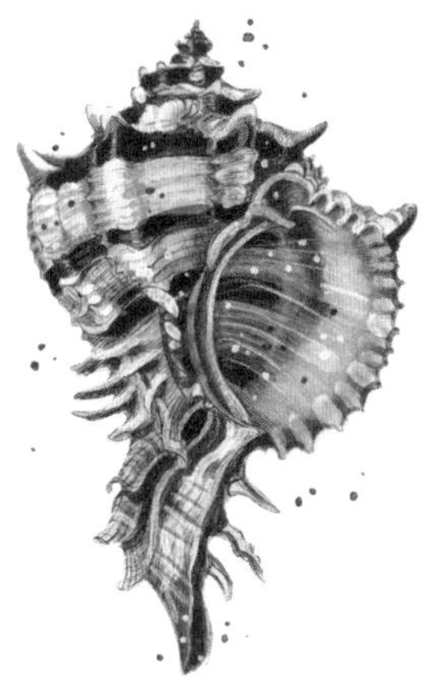

Mit Illustrationen von Nina Dulleck

INHALT

Prolog

Fünfzehn Jahre zuvor

Gargor starrte auf die Kerben in der Höhlenwand. Dreizehn Stück. Dreizehn Tage waren bereits vergangen. Eigentlich war die Dreizehn seine Glückszahl. Doch er bezweifelte, dass sie ihm heute von Nutzen sein würde. Er hatte bereits alles versucht. Es gab keine Möglichkeit, an dem Fährmann vorbeizukommen. Er schien immun gegen Magie zu sein. Egal, wie sehr Gargor sich anstrengte, es gelang ihm nicht, in seine Gedanken einzudringen.

Kein Weg zurück.

Aber wollte er das überhaupt? Wollte er zurückkehren in eine Welt, in der er offensichtlich nicht willkommen war? Inzwischen hatte er sich an die Kälte gewöhnt und an die flüsternden Schatten, die immer an seiner Seite waren. Egal, wohin er ging, sie begleiteten ihn stets, wisperten in sein Ohr oder beobachteten ihn stumm. Manchmal berührten sie seine Haut mit ihren eisigen Fingern, nur ganz sachte, aber es fühlte sich jedes Mal an, als raubten sie ihm dabei ein Stück seines Selbst. Jeden anderen hätten sie vermutlich in den Wahnsinn getrieben, aber er hatte gelernt, mit den Schatten zu leben. Sofern man das als Leben bezeichnen konnte, denn viele waren schon seit Jahrhunderten oder gar Jahrtausenden tot. Manchmal unterhielt er sich mit ihnen. Und lernte viel dabei. Wissen, das den anderen für immer verborgen bleiben würde. Die anderen …

Wenigstens Nyx hatten sie ihm gelassen. In ihren Augen war eine Schlange mit zwei Köpfen eine Abscheulichkeit, ihre Existenz wider die Natur. Für Gargor war sie eine treue Begleiterin, die Einzige, die ihn wirklich verstand.

Jetzt schlängelte sie um seine Beine, und er beugte sich zu ihr hinunter, um den warmen, schuppigen Körper zu berühren. Sie schmiegte einen ihrer Köpfe in seine ausgemergelte Hand. In dieser trostlosen Umgebung schien sie ihm das einzig Lebendige.

Die Finsternis hatte in den wenigen Tagen, die er hier war, bereits Spuren hinterlassen. Seine Augen waren blutunterlaufen, die Haut war fahl und knitterig geworden, die Muskeln schlaff – so als wäre er in den knapp zwei Wochen um mindestens zwanzig Jahre gealtert. Der Mann, der er einmal gewesen war, war schon lange verschwunden. Er fühlte sich ausgelaugt und vermied es, sein Ebenbild im Spiegel zu betrachten.

Stattdessen hatte er den Spiegel mit einem Zauber belegt, der ihm zumindest einen kleinen Ausschnitt der Welt dort oben zeigte.

Es hieß, dass man selbst zu einem Schatten wurde, wenn man sich lange genug in der Unterwelt aufhielt. Das klang wie eine Strafe, doch für ihn war es eine Erleichterung. So wie sein Körper sich allmählich verwandelte, veränderte sich auch sein Geist. Er verspürte weder Kälte noch Angst oder Schmerz. Selbst die tiefen Wunden, die seine Seele davongetragen hatte, quälten ihn nicht mehr. Die Gefühle waren verblasst, auch wenn die Erinnerung an den Verrat noch da war. Er hatte diese beiden Menschen für seine Freunde gehalten. Sein bester Freund und … seine große Liebe.

Gargor spuckte auf den Boden. Liebe, was für ein lächerliches Wort. Das war nur etwas für Schwächlinge. Im Grunde hatten sie ihm einen Gefallen getan. Er war über sich selbst hinausgewachsen, hatte wahrhaft übermenschliche Fähigkeiten entdeckt. Und er würde sich nicht aufhalten lassen, von nichts und niemandem.

Gargor berührte den knöchernen Ring, den er an der rechten Hand trug. Obwohl er so dünn geworden war, saß der Ring noch immer fest auf seinem Ringfinger. Er hatte sich tief in sein Fleisch gegraben, und selbst wenn Gargor gewollt hätte, er hätte ihn nicht abnehmen können. Sie waren untrennbar miteinander verbunden.

Die anderen hatten diesen Ort als sein Gefängnis ausgewählt, doch er würde ihn zu seinem Palast machen. Er würde über die Unterwelt herrschen, die Schatten seine Untertanen werden lassen.

Irgendwann würde er zurückkehren, mächtiger als je zuvor, und er würde sich rächen. Und wenn sie dann erkannten, dass sie einen Fehler gemacht hatten, würde es längst zu spät sein.

Ein Lächeln umspielte seine schmalen Lippen. Er musste nur auf den richtigen Zeitpunkt warten.

Vom Regen
in die
Traufe

Es war einer dieser Tage, an denen man lieber nicht vor die Tür geht, wenn man keinen Grund dazu hat. Schon seit einer guten Woche hatte sich ein Regentief über Einöd am Meer niedergelassen, und es sah nicht so aus, als hätte es vor, in absehbarer Zeit wieder zu verschwinden. Der Himmel war wolkenverhangen, und immer wieder wühlten Gewitterböen das Meer auf und peitschten eisigen Regen vor sich her. Die kleine Küstenstadt glich einer Bleistiftzeichnung – Grau in Grau – und am liebsten hätte Fritz es sich an diesem Vormittag mit einer Tasse heißem Kakao und einem guten Buch im Bett gemütlich gemacht. Aber das ging leider nicht.

Er hatte seiner Mutter versprochen, heute im Souvenirgeschäft auszuhelfen, weil Papa mit Lena zum Baumarkt gefahren war. Obwohl sie in den Winterferien, vor allem nach Weihnachten, normalerweise nie viel zu tun hatten, wurde der kleine Laden der Pfifferlings seit ein paar Tagen regelrecht von Kundschaft überrannt. Fritz' Eltern zeigten sich zwar überrascht, aber sie konnten den Umsatz gut gebrauchen, da ihre Spülmaschine vor Kurzem den Geist aufgegeben hatte und außerdem ein paar Reparaturen am Haus fällig waren.

Fritz warf durch das Küchenfenster einen Blick auf die Einfahrt. Es regnete nach wie vor in Strömen, aber es half ja nichts. Mama wartete sicher schon auf ihn. Er seufzte, zog die Kapuze seiner Regenjacke tief ins Gesicht und öffnete die Haustür. Sofort klatschten Regentropfen auf seine Wangen und der kalte Wind fuhr durch die Nähte seiner Jeans. Fritz verwarf seinen ursprünglichen Plan, mit dem Fahrrad zu fahren, und stapfte missmutig zur nächsten Bushaltestelle. Zum Glück hatte er wasserdichte Stiefel angezogen, denn der Weg dorthin war übersät von Pfützen.

Bei diesem Wetter waren nicht viele Leute draußen unterwegs. Kurz vor der Haltestelle begegnete Fritz der schrulligen Frau Käsebrock, die mit ihrem Pudel Gassi ging. Lena und er machten sich oft darüber lustig, dass der Pudel haargenau dieselbe Frisur hatte wie sein Frauchen, aber heute war die Ähnlichkeit noch frappierender. Nicht genug damit, dass auf Frau Käsebrocks Dauerwelle der passende Regenhut zu ihrem Mantel thronte – rot mit weißen Punkten –, nein, sie hatte auch das Outfit des Hundes auf ihr eigenes abgestimmt. Das arme Tier steckte in einem gepunkteten Hunde-Regenmäntelchen mit vier passenden Schühchen und sah darin im wahrsten Sinne des Wortes aus wie ein begossener Pudel. Kurz war Fritz versucht, ein Foto von den beiden zu schießen und mit dem Kommentar *Schau mal, zwei Fliegenpilze im Regen* an Lena zu schicken, aber das wäre dann doch etwas zu auffällig gewesen.

»Oh, hallo, Fritz!«, rief Frau Käsebrock, als sie ihn entdeckte. Fritz hob die Hand zum Gruß und schenkte ihr ein gequältes Lächeln. Er war froh, dass direkt der Bus kam und er einsteigen konnte. Frau Käsebrock war zwar ganz nett, aber auch die zweitgrößte Tratschtante im Ort, gleich nach dem Bürgermeister Herbert Hasenknopf. Jedes Mal, wenn Fritz in ihrem Kiosk etwas kaufte, versuchte sie, ihn auszuquetschen, ob es irgendwelche neuen Skandale oder Liebesgeschichten in Einöd gab, von denen sie noch nichts wusste. Besonders interessierte sie sich für Fritz' Onkel Klaus und dessen neue Freundin Jacky. Dabei konnte man über die beiden kaum etwas Spannendes berichten. Der freundliche Meeresbiologe und die toughe Chefin der Sturmpiraten mit einem Faible für schräge Haarfarben waren vielleicht auf den ersten Blick ein ungleiches Paar. Aber wenn man sie besser kannte, hatte man das Gefühl, sie wären schon seit einer

Ewigkeit zusammen. Selbst Fritz' Mutter hatte ihre anfänglichen Vorbehalte inzwischen abgelegt und Jacky in ihr Herz geschlossen.

Und ohne die Unterstützung von Klaus und Jacky hätte Fritz vermutlich nicht gewusst, wie er mit den Ereignissen der letzten Zeit umgehen sollte. Sie waren als einzige Erwachsene in die Geheimnisse von Fritz, Lena und ihrer Freundin Mari eingeweiht. Mari war nämlich eine Meerprinzessin, und was die drei zusammen erlebt hatten, übertraf sämtliche Abenteuergeschichten, die Fritz in seinem zwölfjährigen Leben gelesen hatte.

Als der Bus losfuhr, schweiften seine Gedanken ab. Es war keine zwei Monate her, dass er und seine Schwester Seite an Seite mit Mari gegen die Kreaturen der Unterwelt gekämpft hatten. Der böse Zauberer Gargor hatte seine Diener auf Mari gehetzt, weil sie ihm einer Prophezeiung zufolge gefährlich werden konnte. Zwar war es den Kindern gelungen, das Tor zur Schattenwelt wieder zu verschließen und die Bedrohung vorerst abzuwenden. Aber Maris Mutter Penelope saß seitdem in der Unterwelt fest, und bisher hatten sie noch keinen Weg gefunden, sie wieder zurückzuholen. Für Mari war das sehr schlimm, zumal sie ihre Mutter erst kurz zuvor wiedergefunden hatte. Obwohl sie sich die meiste Zeit alle Mühe gab, sich nichts anmerken zu lassen, spürte Fritz, wie sehr sie darunter litt.

Ein lautes Knacken riss ihn aus seinen Gedanken.

»*Endstationbittallaussteign*«, grummelte der Busfahrer ins Mikrofon. Fritz blickte hoch und sah, dass der Bus vor dem Einöder Rathaus zum Stehen gekommen war. Er erhob sich und trat lustlos wieder hinaus in den Regen.

Der kleine Souvenirladen seiner Eltern befand sich im alten Ortskern von Einöd, zwischen einer Bäckerei und einem Geschäft namens *Ahmeds Allerlei*, in dem man neben Haushalts- und Spielwaren auch Bürobedarf und eine Auswahl an türkischen Lebensmitteln kaufen konnte. Heute waren allerdings die Rollläden heruntergelassen und ein Schild mit der Aufschrift *Betriebsurlaub* hing an der Tür. In der Bäckerei brannte zwar Licht, aber es war kein einziger Kunde darin. Die Verkäuferin starrte aus dem Fenster und musterte irritiert die Menschentraube, die sich vor dem Geschäft der Pfifferlings gebildet hatte.

Dass Fritz' und Lenas Eltern vor ein paar Jahren ihre Bürojobs gekündigt hatten, um einen Atlantis-Souvenirladen aufzumachen, hatte sich als großartige Idee erwiesen. Sie waren von einer Wohnung in ein geräumiges Haus umgezogen und mussten nicht mehr jeden Cent dreimal umdrehen. Das hatten sie den zahlreichen Touristen zu verdanken, die jeden Sommer nach Einöd kamen, um sich auf die Suche nach der sagenumwobenen Stadt Atlantis zu begeben. Fritz und Lena wussten natürlich, dass nicht Atlantis in der Nähe von Einöd lag. Die Stadt, die sich vor seiner Küste und tausend Meter unter dem

Meeresspiegel befand, hieß Almaris und war die Heimat von Mari. Aber solange die Touristen jeden Sommer in Scharen nach Einöd kamen und gutes Geld daließen, beschwerten sie sich auch nicht. Die Gefahr, dass einer der bierbäuchigen krebsroten Urlauber mit seinem Gummiboot zufällig Almaris entdeckte, war relativ gering.

Was allerdings jetzt im Winter, wo es viel zu kalt für einen Badeurlaub war, für den Ansturm sorgte, war Fritz völlig schleierhaft. Mit einem Blick, der vermutlich dem der Bäckerei-Verkäuferin ähnelte, ging er an der Menschenschlange vorbei und betrat den Laden.

Drinnen erwartete ihn gleich noch eine Überraschung. Neben seiner Mutter stand ein blondes Mädchen hinter dem Tresen und half beim Einpacken der Einkäufe. Es hatte die unkämmbaren Haare zu einem Pferdeschwanz gebunden und trug die etwas zu große meerblaue Uniform des Souvenirladens über zerrissenen Jeans.

»Hi, Mari!«, sagte Fritz erstaunt.

Sie hob kurz den Blick und winkte ihm zu. Sie sieht müde aus, dachte Fritz, als sie sich wieder ihrer Kundin zuwandte. Die vergangenen Wochen hatten ihr sichtlich zugesetzt.

Trotzdem war sie fleißig bei der Sache und bemühte sich um einen fröhlichen Ton. »Nehmen Sie doch eine dieser schönen Stofftaschen, Frau Bratfisch«, schlug Mari vor. »Die kosten nur zwei Euro, und einer davon wird für ein Projekt gespendet, das den Plastikmüll im Meer reduziert.«

»Das ist ja eine tolle Idee!«, freute sich die Deutschlehrerin und legte eine Münze auf den Tisch.

Fritz bahnte sich einen Weg hinter den Tresen und registrierte, dass sich neben Frau Bratfisch auch zahlreiche andere Einheimische zwischen den Touristen eingereiht hatten.

»Ah, da bist du ja endlich, Fritz!«, rief Simone Pfifferling, als er seine triefnasse Regenjacke an den Garderobenständer hängte. »Mari kam gerade vorbei und war so nett einzuspringen. Hier ist schon seit heute früh die Hölle los und die Kollegen sind ja alle im Urlaub. Nicht dass wir uns über Kundschaft beklagen.« Sie lächelte dem nächsten Kunden, einem Herrn im mittleren Alter, entgegen. »Bitte schön?«

»Ich nehme einen von diesen Schlüsselanhängern.« Der Mann reichte ihr eine kleine Poseidonfigur, die an einem Kettchen baumelte. »Und ein Ticket für die Atlantis-Traumreise bitte.«

»Aber gerne doch.« Fritz' Mutter nickte und nahm einen bunt schillernden Papierstreifen aus einem Holzkästchen neben der Kasse.

Fritz trat neugierig neben sie. »Was ist das denn?«

»Eine neue Kursreihe. Ist extrem beliebt«, antwortete Simone fröhlich.

»Hui!« Fritz' Augen wurden groß, als er den Preis für das Ticket sah, das seine Mutter gerade eingescannt hatte. Einhundertzwanzig Euro für einen sechzigminütigen Kurs.

Der Herr gegenüber bezahlte, ohne mit der Wimper zu zucken. Auch die nächsten Kunden kauften neben den üblichen Atlantis-Souvenirs Karten für die sogenannte Traumreise.

»Ich kann's kaum erwarten!« Eine bucklige Omi mit lilafarbenen Löckchen, der Fritz ein Ticket überreichte, strahlte ihn an. »Nach Atlantis zu reisen, war schon immer mein Traum, und nun kann ich es wieder und wieder tun. Das ist schon mein dritter Kurs diese Woche.«

Während die alte Dame mit einem glückseligen Gesichtsausdruck den Laden verließ, wandte sich Fritz an Mari. »Ist das wieder eine von Herrn Hasenknopfs Ideen?«, flüsterte er ihr zu. Dem Bürgermeister war jedes Mittel recht, um möglichst viele Menschen nach Einöd zu locken und ihnen das Geld aus der Tasche zu ziehen.

Mari schüttelte den Kopf. »Glaub nicht.« Sie drückte ihm einen der Flyer in die Hand, die am Tresen auslagen. »Der Name des Kursleiters sagt mir überhaupt nichts.«

»Schicken Sie Ihren Geist auf eine Reise, die Sie nie vergessen werden«, las Fritz vor. *»Anupama H. führt sie in die geheimnisvolle Stadt Atlantis.«* Das Foto auf dem Flyer zeigte einen Mann, der im Lotussitz an einem tro-

pischen Sandstrand saß. Der Wind wehte ihm die schulterlangen blonden Haare ins sonnengegerbte Gesicht, er hatte die Augen geschlossen und auf seinen Lippen lag ein entrücktes Lächeln.

»Sieht aus wie einer dieser durchgestylten Yoga-Gurus, die Mama so toll findet«, murmelte Fritz gedankenverloren. Er hatte das komische Gefühl, diesen Typen schon einmal irgendwo gesehen zu haben. Aber wo?

»He, junger Mann! Wird das heute noch was?« Eine unfreundliche Stimme holte ihn zurück ins Hier und Jetzt. »Es reicht ja, wenn du in meinem Unterricht schläfst. Ich möchte gerne etwas kaufen.«

Fritz sah auf und blickte zu seinem Entsetzen in das Gesicht seines Mathematiklehrers Herrn Kottel. Dieser hatte die Brille abgenommen, weil sie beschlagen war, und trommelte ungeduldig auf den Tresen. Von allen Lehrern der ganzen Schule war Herr Kottel mit Abstand der unbeliebteste. Nicht einmal Lena, die nur Einsen schrieb, konnte ihn leiden, und man munkelte, dass auch seine Kollegen ihm wenn möglich aus dem Weg gingen. Er hatte fast immer schlechte Laune, und es bereitete ihm offensichtlich Freude, Schüler zu quälen, die er nicht mochte. Zu denen gehörte leider auch Fritz.

Was wollte ausgerechnet Herr Kottel hier? Soweit Fritz sich erinnern konnte, hatte sein Lehrer bis jetzt noch nie einen Fuß in den Laden der Pfifferlings gesetzt.

»Äh …« Fritz brauchte einen Moment, um sich zu sammeln. »Wie kann ich Ihnen denn helfen, Herr Kottel?«

»Geometrie lernen wäre ein Anfang. Hahaha!« Der Lehrer lachte höhnisch und drehte sich zu den anderen Kunden um, als erwartete er Applaus für seinen grandiosen Witz.

Niemand reagierte. Fritz spürte, wie ihm das Blut ins Gesicht schoss, und er fing an zu zittern. Er schämte sich. Aber gleichzeitig war da noch ein anderes Gefühl. Eines, das Fritz schon viel zu lange unterdrückt hatte. Er war wütend. Darüber, dass Herr Kottel ständig auf seiner Matheschwäche herumritt, und das auch noch vor allen Leuten. Wer gab ihm eigentlich das Recht dazu?

Und plötzlich wusste Fritz genau, was die passende Antwort darauf war: »Wissen Sie, ich bleibe lieber schlecht in Mathe, als später einmal so zu werden wie Sie. Ihr Beruf scheint Ihnen ja nicht besonders zu gefallen, sonst wären Sie bestimmt netter zu anderen Menschen.« Er wunderte sich selbst, wie ruhig seine Stimme dabei klang.

Trotzdem sah Herr Kottel aus, als hätte Fritz ihn gerade geohrfeigt. Sein Mund klappte einige Male auf und zu, ohne dass ein Ton herauskam. Dann verfärbte sein Gesicht sich dunkelrot und eine Ader auf seiner Stirn trat bedrohlich hervor.

»Wow, Fritz, das war ein Volltreffer!«, flüsterte Mari ihm anerkennend zu.

In der Zwischenzeit hatte Herr Kottel seine Sprache wiedergefunden. »D… d… das wird ein Nachspiel haben«, japste er mit hochrotem Kopf. »Ein Verweis … nein, ein *Direktorats*verweis! Ich rufe gleich Frau Maus an!« Er zückte ein altmodisches Handy und fuchtelte wild damit herum.

»Soweit ich weiß, befinden wir uns hier nicht auf dem Schulgelände«, sagte Fritz' Mutter, die gerade mit einem Kasten *Atlantis-Fassbrause* aus dem Lager kam. »Außerdem sind Ferien. Sie können Fritz gar keinen Verweis geben.« Mit einem lauten Klirren stellte sie die Getränke auf der Theke ab. Herr Kottel zuckte zusammen und es war mit einem Mal mucksmäuschenstill im Laden. Sämtliche Augenpaare richteten sich auf Simone, als sie die Arme vor der Brust verschränkte und Herrn Kottel direkt anschaute. »Und über die Mathenote meines Sohnes können wir uns gern beim nächsten Elternabend unterhalten. Komischerweise ist er erst so schlecht in dem Fach, seit er Sie hat. Ich wüsste jedenfalls nicht, wieso wir meine Kunden damit behelligen sollten.« Sie zog eine Augenbraue hoch, und Herr Kottel sah plötzlich aus, als wäre er einen ganzen Kopf geschrumpft.

»Okay, okay …«, murmelte er kleinlaut. Ein paar andere Kunden kicherten leise.

»Also, was können wir heute für Sie tun?«, fragte Fritz' Mutter lächelnd.

Herr Kottel räusperte sich. »Kann ich …«, er senkte die Stimme, »kann ich bitte eine Karte für die Atlantis-Traumreise kaufen?«

»Selbstverständlich!« Immer noch lächelnd, reichte Simone Herrn Kottel einen der schillernden Papierstreifen, und er bezahlte die hundertzwanzig Euro.

»Ich wünsche Ihnen viel Spaß dabei. Ich kann den Kurs sehr empfehlen. Hoffentlich erweitert er Ihren Horizont.«

Herr Kottel gab ein Geräusch von sich, das wie eine Mischung aus Schnauben und Brummen klang, und verließ dann ohne ein weiteres Wort den Laden.

Kaum hatte sich die Ladentür hinter ihm geschlossen, brachen die übrigen Kunden in lautes Gelächter aus. Einige klatschten sogar.

»Bravo, Fritz!«

»Dem habt ihr's aber gegeben!«

»Lehrer wie der sind echt die Pest«, meinte ein junger Typ mit Pferdeschwanz und Bart.

»High five!« Mari hielt Fritz ihre Handfläche entgegen und er schlug ein.

Anschließend spendierte Simone allen Anwesenden eine Atlantis-Brause (»Gerade frisch reingekommen – mit Seetang!«), und für einen kurzen Moment fühlte Fritz sich so leicht und unbeschwert wie schon lange nicht mehr.

Günther,
der
Pfützensurfer

Leider wurde die gute Stimmung schon am Nachmittag etwas gedämpft. Als Simone um fünf Uhr den Laden zusperrte und sich bei Mari für die Hilfe bedankte, fiel Fritz auf, dass seine Freundin ziemlich blass aussah.

»Bist du okay?«, fragte er leise.

Mari schüttelte kaum merklich den Kopf, schien jedoch in Gegenwart von Fritz' Mutter nicht darüber sprechen zu wollen.

Draußen war es bereits dunkel, aber immerhin hatte es aufgehört zu regnen. Ein paar kleine Kinder mit Gummistiefeln sprangen begeistert in den Pfützen vor dem Rathaus herum.

»Ich gehe noch schnell rüber zum Bioladen, um ein paar Sachen für unser Silvesteressen einzukaufen«, sagte Simone. »Kommt ihr mit?«

Fritz zögerte einen Moment und schaute Mari an.

Sie hob die Hände. »Tut mir leid. Ich brauch echt 'ne Pause.«

»Mama, wäre es okay, wenn wir solange zum Kiosk gehen und uns ein Eis holen?«, fragte Fritz. »Ich helfe dir nachher auch, die Taschen zum Bus zu tragen.«

»Na klar. Ich verstehe zwar nicht, wie ihr bei dem Wetter Eis essen könnt, aber ich spendiere eins. Als kleines Dankeschön für die tolle Hilfe heute. Ohne euch wäre ich ganz schön ins Schwitzen gekommen.« Sie drückte Fritz einen Geldschein in die Hand und flitzte los.

Mari und Fritz schlenderten durch den Stadtpark zum Kiosk von Frau Käsebrock. Teile des Parks waren nach wie vor gesperrt, seit die Lumis im Oktober die ganze Anlage verwüstet hatten, aber immerhin waren die Wege gesäubert, neue Bänke aufgestellt und ein paar Beete frisch bepflanzt worden. An einigen der Bäume hingen noch Überreste der Weihnachtsbeleuchtung.

Fritz hatte einen Kloß im Hals. Er wusste zuerst nicht genau, wie er anfangen sollte, doch dann beschloss er, nicht lange um den heißen Brei herumzureden. »Du vermisst deine Mutter, oder?«

Mari nickte. »Ich war über Weihnachten bei meinem Vater, weil ich nicht ständig an irgendwelche Familienfeste erinnert werden wollte.«

Fritz fiel wieder ein, dass man in Almaris gar nicht

Weihnachten feierte. Dort gab es das Fest des Poseidon, welches jedoch im Frühsommer stattfand. »Versteh ich«, sagte er.

Mari nestelte gedankenverloren an einem Anhänger, den sie um den Hals trug. Es handelte sich um eine kleine weiße Muschel, die mit einem Rubin verziert war. Fritz war sie in den letzten Wochen schon häufiger aufgefallen, und er überlegte, ob das Schmuckstück wohl Penelope gehört hatte.

»Es war trotzdem schwierig«, fuhr Mari schließlich fort. »Als ich noch dachte, meine Mutter hätte uns verlassen, war ich auch traurig, aber das war etwas anderes. Zu wissen, dass sie jetzt in der Unterwelt festsitzt und möglicherweise in Gefahr ist, während ich nicht das Geringste machen kann …« Sie schluckte heftig. »Olf glaubt zwar, dass sie sich gut versteckt hält, aber was ist, wenn Gargor sie inzwischen doch gefunden hat?«

Darauf wusste Fritz auch keine Antwort. »Hast du mit deinem Vater darüber geredet?«

»Ich weiß, dass er sich ein paarmal mit dem Geheimbund des Nautilus getroffen hat, um zu besprechen, welche Möglichkeiten es gibt. Aber ich glaube nicht, dass dabei sonderlich viel herausgekommen ist. Manchmal habe ich den Eindruck, dass er mich aus der ganzen Sache am liebsten raushalten möchte.«

Sie gingen eine Weile schweigend nebeneinanderher,

bis sie den Kiosk erreichten. Martin, der Sohn von Frau Käsebrock, hatte heute Dienst und begrüßte sie mit einem freundlichen Nicken. Im Gegensatz zu seiner Mutter war Martin ziemlich wortkarg, was Fritz allerdings deutlich lieber war, vor allem nach einem so anstrengenden Tag wie heute.

»Wir hätten gerne ein Eis«, sagte er und schielte in den angrenzenden Raum. Martin nickte erneut und erhob sich schwerfällig.

Die Bezeichnung ›Eiscafé‹ war für die zwei Stehtische und den winzigen Tresen zwar maßlos übertrieben, aber immerhin gab es hier das ganze Jahr über Eis. Leider ließ die Auswahl heute sehr zu wünschen übrig. Neben Spinat-Knoblauch gab es nur Schwarztee-Ingwer und Wassermelone. Fritz und Mari entschieden sich beide für Letzteres, auch wenn das Eis viel zu zuckrig war und an den Geschmack der almarischen Wassermelonen nicht ansatzweise heranreichte. Die gab es in der Unterwasserstadt in allen Formen, Farben und vor allem Geschmacksrichtungen.

Als sie mit ihren Eistüten wieder nach draußen traten, sagte Mari: »Ich hab irgendwie das Gefühl, dass meine Kräfte wieder schwächer geworden sind.«

»Echt? Was ist denn passiert?«, fragte Fritz erschrocken und bemühte sich, sein Eis möglichst schnell zu lecken, das trotz der Kälte bereits anfing zu tropfen.

Erst vor Kurzem hatte Mari entdeckt, dass sie mithilfe von Gedankenkraft das Wasser beeinflussen konnte – eine Fähigkeit, die sie von ihrer Mutter geerbt hatte. Im Kampf gegen die Kreaturen der Unterwelt war das zwar äußerst nützlich gewesen, doch waren Maris Kräfte noch bei Weitem nicht ausgereift. Hildegard, die alte Schildkröten-Zauberin, hatte Mari eingeschärft, dass sie täglich trainieren musste, um Kontrolle über sie zu erlangen.

»Ich hab mich wirklich angestrengt, aber heute Morgen im Pool habe ich statt eines Wasserstrudels nur ein paar oberflächliche Wellen hingekriegt.«

»Hmmmm«, machte Fritz. »Was sagt Olf denn dazu?«

»Er meint, ich solle mich nicht zu sehr unter Druck setzen. Aber das ist leichter gesagt als getan.« Sie seufzte niedergeschlagen. »Vielleicht hat Hildegard recht und ich bin einfach noch nicht so weit. Wahrscheinlich hat es beim letzten Mal nur so gut funktioniert, weil meine Mutter in der Nähe war.«

Fritz konnte ihren Frust nachvollziehen. »Was hat Océane noch mal gesagt? *Du musst deine Emotionen bündeln, damit dir das Wasser gehorcht?*«

Mari ließ den Kopf hängen. »Ja, nur fällt mir das gerade echt schwer.«

Fritz legte ihr eine Hand auf die Schulter. »Du kannst das, da bin ich sicher. Probiere es doch noch mal«, ermutigte er sie und deutete auf eine große Pfütze.

»Ich stelle mich auch als Versuchskaninchen zur Verfügung«, rief eine Stimme aus Maris Jackentasche.

Fritz hob die Augenbrauen. »Ich wusste gar nicht, dass Günther dabei ist.«

Mari musste grinsen. »Er kann sich eben benehmen, wenn er will.« Sie nahm den Seeigel aus der Tasche und schaute ihn an. »Willst du das wirklich? Nicht dass dir wieder schlecht wird.«

»Ach, ich bin ja nicht aus Zucker«, sagte Günther zuversichtlich. »Aber ich mache nur mit, wenn ich deine Eiswaffel kriege.«

»Das lässt sich einrichten.« Mari reichte Günther großzügig die ganze Waffel, die dieser genüsslich verspeiste.

»So, ich bin startklar«, verkündete er dann.

»Okay.« Mari ging zu der Pfütze und setzte den Seeigel hinein.

»Puh, gar nicht mal so warm.« Günther schüttelte seine Stacheln.

Mari trat ein paar Schritte zurück, während Fritz sich vergewisserte, dass Martin nichts mitbekam. Doch der war, wie es aussah, gerade mit einem Sudoku beschäftigt.

Mari richtete ihren Blick auf die Pfütze, in der Günther herumplanschte, und nahm ein paar tiefe Atemzüge.

Fritz war sich zunächst nicht sicher, ob die kleinen Wellen, die auf der Wasseroberfläche entstanden, von dem Seeigel stammten oder ob Mari sie verursachte.

Doch dann sahen sie zunehmend größer aus und plötzlich wurde Günther von einer Welle erfasst und aus der Pfütze geschleudert.

»Es hat geklappt!«, rief Mari überrascht.

»Versuch es gleich noch mal!« Günther hüpfte wieder in die Pfütze.

Erneut konzentrierte Mari sich auf die dunkle Wasseroberfläche. Kurz darauf entstand wieder eine Welle, diesmal sicher zwanzig Zentimeter hoch. Diese drückte den Seeigel nach oben und wirbelte ihn im Kreis durch die Pfütze.

»Yippieeeee!«, quiekte Günther, während er auf der Welle surfte.

Ein paar Fußgänger kamen um die Ecke, und Mari ließ die Welle schnell abflachen und beeilte sich, Günther wieder in ihrer Tasche verschwinden zu lassen.

»Das war doch nicht schlecht!«, meinte Fritz.

Mari schenkte ihm ein Lächeln. »Danke, dass du an mich geglaubt hast. Und du natürlich auch, Günther.«

»Kannst du Fritz bitte fragen, ob er seine Eiswaffel noch braucht?«, erklang die Stimme des Seeigels gedämpft.

Fritz musste grinsen und hielt Mari wortlos seine Waffel hin, die sie einsteckte. Kurz darauf hörten sie ein zufriedenes Knuspern.

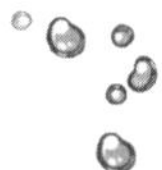

Nachdem Mari von Olf abgeholt worden war (der einige missbilligende Blicke von Passanten auf sich zog, als er mit seinem ramponierten Motorrad über das Kopfsteinpflaster knatterte), fuhren Fritz und seine Mutter mit dem Bus nach Hause. Schon während er ihr dabei half, die vollgepackten Jutebeutel in den Bus zu hieven, redete Simone von nichts anderem als dem Atlantis-Kurs. »Ich habe mich gerade im Bioladen mit Frau Rübenstrunk unterhalten, und sie will auch mitmachen«, erzählte sie begeistert. »Leider ist ihr Mann verhindert, deswegen wurde kurzfristig ein Platz frei. Denkst du, ihr kommt heute Abend ohne mich klar? Eigentlich wollte ich das leckere Topinambur-Gratin machen.«

Fritz verstand zwar nicht, wieso sie so versessen auf diesen Kurs war, aber er nickte. Wenn Papa sich ums Abendessen kümmern würde, bestand zumindest die Chance, dass es etwas halbwegs Normales gab. Mama legte großen Wert auf gesunde Ernährung, aber manchmal übertrieb sie es damit ein bisschen. Letzte Woche hatte sie ihnen einen staubtrockenen Fladen kredenzt, bei dem es sich angeblich um eine vegane Pizza handelte. Nach ein paar Bissen hatte sie allerdings selbst zugegeben, dass er nicht besonders lecker war, und Papa hatte für alle Döner besorgt.

»Wie funktioniert denn diese Traumreise überhaupt?«, fragte Fritz seine Mutter.

»Ach, das ist ganz schwierig zu erklären. Man muss es selbst erlebt haben«, sagte sie. »Ich war ja erst einmal dort, aber es ist einfach unbeschreiblich toll. Man sieht diese Bilder vor sich und hat wirklich das Gefühl, in Atlantis herumzuschwimmen. Leider ist der Kurs nur für Erwachsene, sonst könntest du mitkommen.«

Fritz war eigentlich ganz froh, dass das nicht ging. Zwar machte ihn das Ganze schon neugierig, aber gleichzeitig war es auch ein wenig unheimlich, dass der halbe Ort plötzlich verrückt nach diesen Atlantis-Kursen war. Es erinnerte ihn an die Sache mit den Lumis, die sich viele Leute als Haustiere gehalten hatten – bis sie zu einer regelrechten Plage geworden waren.

Der Gedanke ließ Fritz den ganzen Abend über nicht los. »Warum sagst du denn gar nichts?«, fragte seine Schwester Lena ihn, während sie Fritz einen Teller zum Abtrocknen reichte. Nachdem Papa Spiegeleier mit Fertig-Kartoffelsalat gemacht hatte, hatten sich die Zwillinge bereit erklärt, den Abwasch zu übernehmen.

»Ach, ich bin nur ein bisschen müde.« Fritz gähnte demonstrativ. In Wahrheit brannte er darauf, mit seiner Schwester zu reden, aber er wollte lieber warten, bis Papa außer Hörweite war. Der saß noch am Küchentisch, studierte die Bedienungsanleitung der kaputten Spülmaschine und schüttelte dabei immer wieder fassungslos den Kopf. »Die haben den Text wohl einfach durch einen Übersetzungscomputer gejagt. Dieses Kauderwelsch versteht ja kein Mensch!«

»Was ist denn das da?« Fritz deutete auf ein Päckchen, das auf der Anrichte lag.

Lena drehte sich um. »Oh, das … das ist ein verspätetes Weihnachtsgeschenk von Konstantin. Er ist vorhin kurz vorbeigekommen, um es mir zu geben. Ich soll dich natürlich schön grüßen!«

»Er hat dir was zu Weihnachten geschenkt?«, fragte Fritz neugierig nach.

»Ja, eine illustrierte Harry-Potter-Ausgabe. Weil ich ihm mit Mathe geholfen habe. Nett von ihm, oder?«

Fritz musste unwillkürlich grinsen. »Wie aufmerksam, dass er sich deine Lieblingsbücher gemerkt hat.«

Lena zog eine Grimasse. »Das ist jetzt nicht sooo schwer!«

»Trotzdem. Ich glaube nicht, dass Konstantin vorher schon mal freiwillig eine Buchhandlung betreten hat. Er mag dich eben.«

Jetzt wurde Lena knallrot. »Quatsch. Du unterschätzt ihn. Er liest ganz viele Mangas und Graphic Novels.«

Fritz lag eine Bemerkung auf der Zunge, aber dann schluckte er sie herunter. Es stimmte, dass er Konstantin anfangs falsch eingeschätzt hatte. Dieser war vielleicht ein reicher Schnösel und gab gerne etwas an, aber er war auch ein guter Freund, der zu einem hielt, wenn es drauf ankam. Und obwohl es ihm an Verehrerinnen nicht mangelte, interessierte er sich ausgerechnet für Lena, die lieber Wissenschaftsmagazine als Schminkanleitungen las und in ihrer Freizeit an seltsamen »Forschungsprojekten« arbeitete. Fritz hatte neulich gesehen, wie Emma und Lina, zwei Mädchen aus ihrer Klasse, seiner Zwillingsschwester eifersüchtige Blicke zugeworfen hatten, als sie mit Konstantin über den Schulhof spaziert war.

Karsten Pfifferling warf die Bedienungsanleitung frustriert auf den Esstisch und murmelte etwas davon, dass er ein Werkzeug aus dem Keller holen müsse.

»Wie war's denn heute im Baumarkt?«, fragte Fritz seine Schwester, nachdem ihr Vater aus der Küche geschlurft war.

»Ach, es hat wieder ewig gedauert.« Lena verdrehte die Augen. »Papa stand eine geschlagene halbe Stunde vor dem Regal mit den Schrauben, und später musste ich ihn davon überzeugen, dass wir *keine* neue Schlagbohrmaschine brauchen, weil wir schon drei von den Dingern im Keller haben. Zu Hause hat er dann festgestellt, dass es doch die falschen Schrauben waren, und wir mussten noch mal hin und sie umtauschen. Danach hat er gejammert, dass er jetzt viel zu müde ist, um den Badezimmerschrank zu montieren. Also hab ich es gemacht.«

Fritz lachte. »Typisch Papa eben.«

»Genau.« Lena nickte. »Und wie ist es im Laden gelaufen?«

Fritz erzählte seiner Schwester von dem ungewöhnlichen Kundenansturm und seiner Auseinandersetzung mit Herrn Kottel.

»Wurde ja auch Zeit, dass ihm mal jemand die Meinung sagt.« Lena kicherte, dann wurde sie wieder ernst. »Aber das mit diesen Atlantis-Traumreisen ist echt seltsam. Im Baumarkt haben sich auch ein paar Leute darüber unterhalten. Es wundert mich, dass sich plötzlich alle für so abgedrehtes Zeug interessieren.«

»Mama findet den Kurs auch ganz toll«, meinte Fritz.

»Mama denkt aber auch, dass man mit ein paar angekokelten Kräutern seine Aura reinigen kann«, erwiderte Lena trocken. »Oder dass sich Trinkwasser mit Energie aufladen lässt, wenn man Edelsteine reinschmeißt.«

Fritz musste grinsen. Ihre Mutter hatte schon so ziemlich alles ausprobiert, was das Esoterik-Regal der Einöder Buchhandlung hergab. Da war es nicht verwunderlich, dass sie auf die neue Veranstaltung ansprang.

»Außerdem verdienen Papa und sie Geld mit dem Verkauf der Karten. Sie *darf* den Kurs gar nicht schlecht finden«, fügte Lena hinzu.

Wo seine Schwester recht hatte, hatte sie recht. Trotzdem ging Fritz mit einem unguten Gefühl ins Bett. Er hörte noch, wie Mama nach Hause kam, dann schlief er ein und träumte komisches Zeug: Er surfte zusammen mit Günther und Hildegard in Schildkrötengestalt auf einer Riesenwelle, bis sie plötzlich von Herrn Kottel gestoppt wurden, der sie zwingen wollte, mit ihm nach Atlantis zu reisen, und mit Verweisen drohte, falls sie sich weigerten.

HIER IST
WAS FAUL!

Am nächsten Morgen wurde Fritz von Sonnenstrahlen geweckt, die durch die halb geöffneten Rollläden schienen. Ein Blick auf den Wecker neben seinem Bett verriet ihm, dass es bereits halb zehn war. Fritz gähnte herzhaft. Obwohl er so wild geträumt hatte, fühlte er sich erstaunlich fit.

Er schälte sich aus seiner Bettdecke und zog die Rollläden ganz hoch. Die Regenwolken hatten sich endlich ganz verzogen und die Sonne strahlte am blauen Himmel. Sogar ein paar Vögel zwitscherten, und man konnte fast denken, es wäre Frühling, hätte das Thermometer nicht knackige zwei Grad über null angezeigt. Draußen ging Frau Käsebrock mit ihrem Hund spazieren – diesmal ohne Regenmantel, dafür trugen Frauchen und Pudel heute neongrüne Schleifen im Haar. Fritz öffnete das

Fenster, um die frische Winterluft hereinzulassen, und wollte der Kioskbesitzerin bereits zuwinken, doch in diesem Moment bog ausgerechnet Herr Kottel um die Ecke. Fritz duckte sich schnell, damit dieser ihn nicht sehen konnte.

»Einen wunderschönen guten Morgen, Herr Kottel!«, rief Frau Käsebrock. »Ist das nicht ein herrliches Wetter heute?«

Aber Herr Kottel ging einfach an ihr vorbei und beachtete sie überhaupt nicht. Um ein Haar wäre er auf ihren Pudel getreten, der sich winselnd hinter sein Frauchen flüchtete.

»Na, also sagen Sie mal!«, beschwerte sich Frau Käsebrock, doch auch darauf reagierte Herr Kottel nicht. Sie nahm den verängstigten Hund auf den Arm und ging kopfschüttelnd weiter.

Vorsichtig reckte Fritz den Hals, um besser sehen zu können.

Mit starrem Blick trottete Herr Kottel weiter die Straße hinunter. Das Seltsame war, dass er es nicht besonders eilig zu haben schien. Seine Bewegungen waren langsam, beinahe als würde er schlafwandeln. Komisch, dachte Fritz, dass er Frau Käsebrock nicht einmal gegrüßt hat. Sein Mathelehrer war zwar ein Griesgram, aber selbst er hatte normalerweise Manieren.

Als Herr Kottel verschwunden war, schloss Fritz das

Fenster wieder, zog sich an und ging nach unten, um zu frühstücken.

Im Flur stand seine Mutter in ihrer Arbeitsuniform vor dem Spiegel und starrte angestrengt hinein.

»Guten Morgen«, sagte Fritz.

Keine Antwort. Sie schaute weiter in den Spiegel und runzelte die Stirn, so als würde sie irgendetwas an ihrem Ebenbild stören und sie versuchte herauszufinden, was es war.

»Guten Morgen, Mama«, wiederholte Fritz, diesmal lauter.

Sie zuckte kurz zusammen und drehte sich zu ihm um. »Oh, guten Morgen, Fritz! Hab dich gar nicht gehört.«

Fritz wunderte sich, zumal er die Treppe nicht gerade leise hinuntergegangen war.

»Übrigens, eure Freundin ist hier«, sagte Simone beiläufig. »Wie heißt sie noch gleich, Miri?«

»Mari!« Fritz sah seine Mutter irritiert an. Seit wann vergaß sie denn Namen? Noch dazu den von Mari, mit der die Zwillinge fast jeden Tag zusammen waren.

»Ach ja, richtig, richtig …« Mama schüttelte den Kopf und strich sich zerstreut eine rotblonde Haarsträhne aus der Stirn.

Abgesehen von Simones merkwürdigem Verhalten, freute sich Fritz natürlich über die Nachricht. Er ging weiter in die Küche, wo Lena und Mari bereits am Frühstückstisch saßen. Als er eintrat, blickten sie auf, und Fritz konnte sofort sehen, dass irgendetwas nicht stimmte.

»Ähm … alles okay?«, fragte er unschlüssig.

Lena schüttelte den Kopf. »Das hier ist eine Krisensitzung. Wir warten nur noch, bis Mama weg ist«, sagte sie leise.

»Oh.« Fritz trat näher und setzte sich zu den beiden.

Der Tisch war reichhaltig gedeckt, doch aus irgendeinem Grund hatte Mama Ketchup und Senf neben die Marmelade gestellt und anstelle der Servietten Geschirrtücher hingelegt. Mari schnappte sich indes eins der Brötchen, biss hinein und ließ das Gebäck irritiert wieder sinken. »Die sind ja steinhart!«

Lena zog eine Grimasse. »Mama hat sie zu lange im Ofen gelassen.«

»Du kannst welche von meinen Cornflakes haben«, bot Fritz an.

»Ja gern.«

Simone kam in die Küche, um sich zu verabschieden. »Ich muss jetzt los, Papa hat geschrieben, dass die Kunden schon wieder Schlange stehen. Fritz, Lena, tut mir einen Gefallen und räumt nachher das Geschirr in die Spülmaschine, ja?«

»Aber die ist doch immer noch kaputt, Mama«, sagte Lena. »Papa hat es nicht hinbekommen und der Handwerker hat erst am Montag Zeit.«

Mama blinzelte überrascht. »Oh, das wusste ich gar nicht mehr … na ja, macht's gut, ihr drei.« Sie war bereits auf dem Weg zur Tür, als sie sich noch einmal umdrehte. »Ach ja, bevor ich's vergesse: Papa ist heute Abend beim Dartspielen und ich gehe zum Atlantis-Seminar.«

»Schon wieder?«, fragte Fritz.

Seine Mutter strahlte. »Ja, ist das nicht toll? Ihr müsst also selber kochen. Ich hab euch das Rezept für den Couscous-Salat hingelegt, kriegt ihr hin, oder?

»Ja, wir verhungern schon nicht, Mama!«, sagte Lena. Nachdem Simone endlich zur Tür hinaus war, stieß sie die Luft aus. »Oh Mann! Keine Ahnung, was mit ihr los ist. Sie benimmt sich schon den ganzen Morgen so seltsam. Stell dir vor, Fritz, sie wusste Maris Namen nicht mehr!«

Fritz runzelte die Stirn. »Ja, mich hat sie auch danach gefragt. Vielleicht ist sie einfach überarbeitet?«

Günther war inzwischen aus Maris Jackentasche gekrabbelt und machte sich über die trockenen Brötchen her, bis nur noch Krümel davon übrig waren. Dann kugelte er über den Tisch und beäugte neugierig die Cornflakes-Packung.

»Ich frage mich eher, ob es mit diesen komischen Seminaren zu tun hat«, meinte Lena. »Konstantin hat mir geschrieben, dass seine Haushälterin auch daran teilgenommen hat und gestern alle seine Polohemden mit der

Kochwäsche gewaschen hat. Die sind jetzt so klein, dass sie einem Baby passen würden.«

»Oje, der Arme«, sagte Mari, und Fritz verkniff sich ein Grinsen.

»Findet ihr das nicht auch schräg?«, fragte Lena. »Die Frau arbeitet seit zehn Jahren für Konstantins Vater und hat noch nie einen Fehler gemacht. Und dass Mama plötzlich so zerstreut ist, passt überhaupt nicht zu ihr … so was wie mit den Brötchen passiert vielleicht Papa, aber ihr doch nicht.«

Fritz fiel die merkwürdige Begegnung von Herrn Kottel und Frau Käsebrock wieder ein und er erzählte den anderen davon. »Herr Kottel hat gestern auch so eine Karte gekauft«, sagte er.

Lena schlug mit der flachen Hand auf den Tisch. »Wusste ich's doch! Da ist was faul. Und ich habe auch schon eine Ahnung, was es sein könnte.«

Mari und Fritz sahen sie überrascht an. »Ach ja?«

Lena holte tief Luft. »Also, ich hab diesen Guru mit den Atlantis-Reisen mal ein bisschen genauer unter die Lupe genommen. Die Treffer, die Google ausgespuckt hat, stammen allesamt aus den letzten zwei Monaten. Es ist fast so, als hätte er davor überhaupt nicht existiert. Trotzdem gibt es schon einen eigenen Wikipedia-Eintrag über ihn.« Sie zog eine ausgedruckte DIN-A4-Seite unter einer ihrer Zeitschriften hervor und schob sie Fritz und

Mari hin. Während die beiden sich über das Blatt beugten, drang aus der Cornflakes-Packung ein gedämpftes Knuspern.

Als angesehener Wissenschaftler erforschte Anupama H. *viele Jahre den Atlantis-Mythos, hielt Vorträge und schrieb zahlreiche Bücher darüber. Sein Beruf machte ihn nicht nur bekannt, sondern auch sehr, sehr reich – aber nicht glücklich. In einem Moment der Erleuchtung erkannte er, dass Geld eben nicht alles ist. Mit nichts außer einem Rucksack und seiner goldenen Kreditkarte ging er auf eine spirituelle Reise durch Indien, Nepal und den Himalaya und fand dort zu seinen Wurzeln und seiner wahren Bestimmung zurück. Er entwickelte eine spezielle Meditationstechnik, die in Verbindung mit modernster Technologie Menschen in die Lage versetzt, nach Atlantis zu reisen. Für einen lächerlich geringen Kursbeitrag, der gerade so die Kosten deckt, bietet er nun Seminare an, damit möglichst viele Leute an dieser großartigen Erfahrung teilhaben können. Kommen auch Sie mit auf die Traumreise nach Atlantis und melden Sie sich noch heute für einen Kurs an!*

Nachdem er den Text gelesen hatte, blickte Fritz hoch.

Lena trommelte mit den Fingern auf den Tisch. »Fällt euch an dem Artikel irgendwas auf?«

»Hm, liest sich wie ein Werbetext«, meinte Fritz unschlüssig.

»Jepp.« Seine Schwester nickte. »Und sonst?«

»Sein vollständiger Name wird nirgends genannt«, stellte Mari fest und goss sich ein Glas Orangensaft ein.

»Genau. Aber nicht nur das!« Lena war jetzt richtig aufgeregt. »Ich habe den Namen Anupama mal gegoogelt. Es ist Sanskrit und bedeutet übersetzt so viel wie ›Der Unvergleichliche‹ oder ›Der Beste‹. An wen erinnert euch das, hm?«

Fritz und Mari sahen sie verständnislos an.

»Oh Mann, denkt doch mal scharf nach! Mir fällt nur einer ein, der sich selbst als unvergleichlich bezeichnen würde!«

»Konstantin?« Fritz grinste.

»Nein, du Blödmann!« Lena boxte ihn in die Seite. »Halloooo – Stichwort Atlantis? Wissenschaftler? Schaut euch das Foto noch mal genau an. Na, klingelt's endlich?«

Da begriff Fritz schlagartig, wieso ihm der Typ auf dem Flyer so bekannt vorgekommen war.

Mari verschluckte sich an ihrem Saft. »Meinst du echt?«, presste sie unter Husten mühsam hervor.

Lena nickte. »Ich glaube, dieser Anupama ist kein anderer als Gregor Hümmerlein.«

Die Cornflakes-Packung rülpste und fiel um.

Ein
alter
Bekannter

»Wenn das stimmt, was ihr erzählt, müssen wir die Leute warnen.« Klaus lief in der Kajüte auf und ab – ein Zeichen dafür, dass er nervös war.

Seine Freundin Jacky nickte und zwirbelte eine ihrer lilafarbenen Haarsträhnen. »Ich dachte, das wäre einfach so ein Esoterik-Spinner, der den Atlantis-Wahn für sich ausnutzen will. Aber falls wirklich Hümmerlein dahintersteckt, sollten wir ein Auge auf ihn haben. Der Typ geht über Leichen.«

Fritz, Lena und Mari waren direkt nach dem Frühstück auf ihre Fahrräder gestiegen und zum Einöder Hafen geradelt. Die *Roxana*, das Schiff der Sturmpiraten, lag immer noch vor Anker, und dort waren Klaus und Jacky meistens anzutreffen.

Weil die windschiefe Hütte, in der ihr Onkel normalerweise lebte, für zwei Personen viel zu winzig war und es seit dem letzten Sturm obendrein durch das Dach regnete, war er mehr oder weniger auf der *Roxana* eingezogen. Er hatte sogar sein halbes Forschungs-Equipment auf das Schiff geschafft und sich hier ein kleines Labor eingerichtet.

»Ui, das bedeutet wohl, dass es zwischen den beiden wirklich ernst ist«, hatte Fritz' und Lenas Mutter gesagt.

Nachdem ihr Bruder bisher nur Pech mit Frauen gehabt hatte, freute sie sich, dass er nun offenbar die richtige gefunden hatte.

Jetzt streichelte Jacky nachdenklich das Gefieder ihres Geiers Voldi, der neben ihr auf der Sofalehne hockte. »Habt ihr denn eine Ahnung, was damals nach der Geschichte mit Hümmerlein passiert ist?«

Fritz dachte zurück an ihr erstes Abenteuer. Der falsche Wissenschaftler und selbst ernannte Atlantis-Experte Gregor Hümmerlein war kurz davor gewesen, Almaris zu einer Touristenattraktion zu machen. Zum Glück hatten Mari, Fritz und Lena das noch rechtzeitig verhindern können. Hümmerlein hatte dabei nicht nur sein Schiff, sondern auch seinen guten Ruf verloren.

»Na ja, nach seinem peinlichen Fernsehauftritt hat Herr Hasenknopf ihm verboten, weitere Vorträge zu halten«, erzählte Lena. »Als die Presse dann auch noch Wind davon bekommen hat, dass er gar kein richtiger Professor war, ist er abgetaucht. Seitdem hat ihn niemand mehr in Einöd gesehen, und es scheint so, als wollte er auch nicht gefunden werden. Ich habe das Internet durchforstet, aber bis auf ein paar alte Zeitungsartikel ist alles weg. Wenn man die Adresse seiner Webseite eingibt, erscheint eine Fehlermeldung, und er hat sämtliche Profile in den sozialen Medien gelöscht.«

»Das passt zu dem, was mein Vater erzählt hat«, sagte Mari. »Er hat Hümmerlein nach der ganzen Sache vom Meeres-Geheimdienst beobachten lassen. Offenbar ist er wirklich auf Reisen gegangen. Zuletzt wurde er beim Tauchen im Indischen Ozean gesehen, aber danach verliert sich seine Spur. Der zuständige Agent hatte keine plausible Erklärung dafür.«

»Mhmm, echt merkwürdig«, meinte Klaus. »Aber es ist durchaus denkbar, dass er eine neue Identität angenommen hat und nun auf anderem Wege versucht, Geld zu machen.«

»Ich hab eine Idee!«, rief Jacky.

Fritz, Lena und Mari blickten sie fragend an.

»Wie wäre es denn, wenn wir uns das Ganze mal genauer ansehen? Wir könnten bei so einem Kurs mitmachen und Hümmerlein dann vor versammelter Runde enttarnen!« Ihre Augen blitzten voller Tatendrang.

»Lieber nicht«, meinte Fritz. »Du hast doch gerade selbst gesagt, dass Hümmerlein über Leichen geht. Wer weiß, wie er reagiert, wenn wir allen Leuten erzählen, wer er wirklich ist. Ich habe jedenfalls keine Lust darauf, dass er wieder seine Pistole auspackt.« Er musste schlucken, als die Erinnerung an ihre letzte Begegnung mit dem Hochstapler wach wurde.

»Du hast recht.« Jacky seufzte. »Aber vielleicht gibt es noch eine andere Möglichkeit. Das Zelt, in dem Hümmerlein – oder Anupama oder wie auch immer er sich nennt – seine Kurse abhält, steht in der alten Werfthalle, nicht weit von unserem Laden. Wir könnten versuchen, von außen einen Blick hineinzuwerfen.«

»Ja, lasst uns das probieren«, sagte Lena. »Vielleicht können wir ein paar Fotos schießen und beweisen, dass dieser Anupama ein Betrüger ist. Und dann informieren wir die Zeitung.«

Alle waren dafür, nur Mari machte ein niedergeschlagenes Gesicht.

»Das hat uns gerade noch gefehlt«, murmelte sie. »Statt herauszufinden, wie wir meine Mutter befreien können, müssen wir uns schon wieder mit diesem verrückten Möchtegern-Wissenschaftler herumschlagen.«

Erneut berührte sie den Muschelanhänger um ihren Hals.

»Ich kann dich gut verstehen.« Jacky legte ihr einen Arm um die Schulter. »Aber auch wenn Hümmerlein nicht Gargor ist – er ist trotzdem gefährlich, und wir sollten die Sache unbedingt ernst nehmen. Vielleicht tut dir etwas Ablenkung sogar ganz gut.«

Mari blickte zu Boden und nickte dann. »Worauf warten wir noch? Zeigen wir's diesem Aufschneider!«

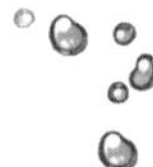

Wenig später spazierten die drei Kinder zusammen mit Klaus und Jacky, auf deren Schulter Voldi hockte, in die Werfthalle. Schiffe wurden hier schon seit Langem nicht mehr gebaut, dafür hatten sich allerhand skurrile Geschäfte angesammelt. Die Sturmpiraten betrieben einen Jetski-Verleih und verkauften in ihrem Laden außerdem Jackys selbst designte T-Shirts. In dem kleinen Esoterikladen *Mandragora* hatte Fritz einmal eine überteuerte Salzlampe für Mama gekauft. Seine Klamotten hatten anschließend so fürchterlich nach Räucherstäbchen gestunken, dass er sie für mehrere Tage zum Auslüften auf den Balkon hängen musste. Es gab ein Reisebüro namens *Ghost Tours*, das mit Plakaten für Aufenthalte in Spukschlössern und Geisterhäusern warb, einen veganen Imbiss, der Burger, Hotdogs und sogar pflanzliche Fischstäbchen im Angebot hatte, und ein Spezialgeschäft für Gartenzwerge, von denen einer scheußlicher war als der andere.

Im hinteren Teil der Halle hatten die Sturmpiraten zusammen mit Klaus vor wenigen Monaten eine Auffangstation für die Lumis eingerichtet – jene kleinen Tintenfische, die Gargor losgeschickt hatte, um Mari zu finden, und die sich nach kurzer Zeit als gefährliche Monster entpuppt hatten.

Inzwischen war der Container mit den Aquarien verschwunden, dafür hatte jemand ein riesiges, rundes Zelt mit bunten, fremdländisch anmutenden Mustern aufgebaut. Es erinnerte Fritz an die Fotos von Jurten, den Behausungen der Nomaden, die Klaus auf einer seiner Asien-Reisen gemacht hatte. Zwischen den schmucklosen, hohen Wänden der maroden Halle wirkte es wie ein Objekt von einem anderen Stern.

»Was machen wir denn, wenn gerade gar kein Kurs stattfindet?«, fragte Lena.

Jacky zuckte mit den Schultern. »Dann können wir uns ja in Ruhe in dem Zelt umsehen. Vielleicht finden wir was Brauchbares.«

Die anderen nickten. Aber schon beim Näherkommen sahen sie, dass sie offenbar genau den richtigen Zeitpunkt gewählt hatten. Eine Traube von Menschen, alle mit bunten Eintrittskarten in den Händen, drängte gerade in das Zelt, vor dem zwei grimmig dreinblickende Wachmänner standen. Fritz glaubte, Herrn Kottel inmitten der Besucher zu erkennen.

»Hier entlang«, zischte Jacky und deutete in die andere

Richtung, wo sie vor den Blicken der Wachmänner geschützt waren. Die drei Kinder schlichen hinter ihr her, während Klaus sich mehrfach vergewisserte, dass ihnen niemand folgte. Glücklicherweise gab es hinter dem Zelt keine Wachen.

»Und was ist damit?«, fragte Lena und zeigte auf eine Überwachungskamera.

»Gut aufgepasst«, sagte Jacky. »Wartet, das haben wir gleich.« Sie flüsterte Voldi etwas ins Ohr und der Geier erhob sich schwerfällig in die Luft. Mit einem Krächzen landete er auf der Kamera und ließ seine Schwanzfedern über die Linse hängen.

»Ha! Wer immer sich das anschaut, sieht jetzt bloß einen Geierpopo.« Jacky grinste. »Es kann losgehen.«

Sie begannen, die Rückseite des Zelts zu untersuchen. Leider gab es nirgends ein Fenster, dafür befanden sich in ungefähr zwei Metern Höhe Lüftungsschlitze.

Mari zog die Augenbrauen hoch. »Hat jemand zufällig eine Leiter mitgebracht?«

Jacky schüttelte den Kopf. »Sorry. Aber wenn du dich auf meine Schultern setzt, müsstest du was sehen können.«

Fritz sah zu, wie Jacky in die Knie ging und Mari mühelos auf ihre Schultern kletterte. Es sah so einfach aus, doch als er das Gleiche bei Klaus versuchte, hatten sie beide Schwierigkeiten, die Balance zu halten.

Klaus ächzte. »Du warst auch schon mal leichter, mein Freund«, sagte er halb im Scherz.

»Pah, vielleicht solltest du einfach öfter trainieren«, gab Fritz zurück.

»Stimmt.« Klaus lachte.

Schließlich gelang es ihnen, sich etwas zu stabilisieren. Neugierig beugte Fritz sich vor und spähte durch die Öffnung.

Innen herrschte schummriges Licht. Mehrere seltsame Objekte, die silbrig glänzten, baumelten von der Decke herab, und das Zelt war von leiser Musik erfüllt. Am Boden waren im Kreis mehrere Matten angeordnet, auf denen Meditationskissen lagen, und vor jeder Matte befand sich ein kleines Fläschchen mit einer grünen Flüssigkeit sowie ein Säckchen aus Stoff.

Fritz sah zu, wie die Teilnehmer ihre Plätze einnahmen. Keiner von ihnen sprach dabei ein Wort. Einige blickten etwas unsicher umher, andere saßen ganz still auf ihren Kissen und hatten die Augen geschlossen. Tatsächlich befand sich auch Herr Kottel unter ihnen. Er hatte ein Notizbuch mitgebracht und schrieb etwas hinein.

Inzwischen waren alle Plätze besetzt, nur der in der Mitte war leer geblieben. Schließlich ebbte auch die Musik ab und das Licht erlosch.

Für wenige Sekunden herrschten Dunkelheit und Totenstille. Fritz konnte nur seinen eigenen Herzschlag hören. Er kam ihm so laut und schnell vor, dass er fast befürchtete, irgendjemand im Zelt würde auf ihn aufmerksam werden – aber das war natürlich Unsinn.

Plötzlich knackte es in einem Lautsprecher. Eine laute Stimme dröhnte in die Stille hinein: *»Begrüßen Sie nun unseren Lehrer, der uns nach Atlantis führen wird. Hier ist er, der großartige, der unvergleichliche Anupama!«*

Von irgendwoher ertönte ein Gong, und im nächsten Moment erhellte ein gleißender Scheinwerferstrahl, der genau auf den Platz in der Mitte gerichtet war, das Zelt.

Der Platz war nicht mehr leer. Ein bärtiger Mann, von Kopf bis Fuß in weißes Leinen gekleidet, saß dort mit verknoteten Beinen. Er hatte die Augen geschlossen und das Gesicht zur Decke gerichtet, so als würde er im Scheinwerferlicht baden. Ein Lächeln umspielte seine Lippen. Er strahlte etwas Erhabenes aus, so als verfügte er über Wissen, das für alle anderen verborgen war.

»Willkommen, liebe Freunde«, sagte er mit samtiger Stimme. Er sprach so leise, dass man genau hinhören musste, um ihn zu verstehen. »Ich bin Anupama. Wie schön, dass ihr so zahlreich erschienen seid, um mit mir ein Ziel zu erkunden, von dem die meisten Menschen nur träumen können: das sagenumwobene Atlantis.« Er machte eine kurze Pause und ließ seine Worte wirken.

Dieser komische Guru sah zwar ganz anders aus als der selbstverliebte Wissenschaftler, den er in Erinnerung hatte. Dennoch war Fritz sich nun hundertprozentig sicher, dass es tatsächlich Hümmerlein war, der da vor ihnen saß. Allein der Klang seiner Stimme verursachte ihm eine Gänsehaut.

»Das ist er, eindeutig.« Mari sprach aus, was Fritz dachte. »Ich glaube, er ist jetzt komplett durchgeknallt! Vielleicht hat Günther ihm damals doch zu viel von seinem Gift verpasst.«

»Pah, immer soll ich schuld sein!«, murrte es aus ihrer Jackentasche.

Fritz nickte. Der falsche Wissenschaftler war schon früher nicht ganz dicht gewesen, doch das hier war eine ganz neue Dimension von Irrsinn.

»Vor eurer Matte findet ihr ein Getränk und einen Beutel«, fuhr Hümmerlein fort. »Bitte nehmt zunächst das Getränk zu euch. Es wird euch dabei helfen, euren Horizont zu erweitern und ganz in die neue Welt einzutauchen.«

Demonstrativ entkorkte er sein Fläschchen und trank den Inhalt in einem Zug aus.

Fritz musste unwillkürlich an Mamas grüne Smoothies denken. Sie hatte dafür extra einen teuren Mixer gekauft, aber auch damit war es ihr nicht gelungen, ihre Familie für rohen Grünkohl zu begeistern.

Den Leuten im Zelt schien es ähnlich zu gehen, denn einige von ihnen machten angewiderte Gesichter. Herr

Kottel schüttelte sich und blickte noch miesepetriger drein als sonst.

»Oh, oh«, sagte Mari neben Fritz. »Das Zeug macht offensichtlich schlechte Laune. Würde mich nicht wundern, wenn er uns gleich am ersten Tag nach den Ferien einen Test schreiben lässt.«

Nachdem alle ihre Getränke geleert hatten, sprach Hümmerlein weiter: »Öffnet nun den Beutel, der vor eurer Matte liegt.«

Die Kursteilnehmer griffen nach den Stoffsäckchen und zogen sie auf. Einige schienen sofort zu wissen, worum es sich handelte, während andere die glänzenden schwarzen Gegenstände unschlüssig in den Händen drehten. Auch Fritz brauchte einen Moment, bis er es realisierte: Es waren Virtual-Reality-Brillen.

»Alter Schwede, ist das bekloppt.« Lena hatte etwas weiter rechts ein kleines Loch im Stoff des Zelts gefunden und schaute hindurch.

»Ich will auch wissen, was dadrin los ist!«, beschwerte sich Jacky.

Während die Teilnehmer ihre Brillen aufsetzten, berichtete Mari im Flüsterton, was sich beim Kurs gerade abspielte.

»Klingt echt komisch«, meinte Klaus. »Aber es passt irgendwie zu Hümmerlein. Er hat ein Faible für Technik-Gedöns, egal, ob es sinnvoll ist oder nicht. Wisst ihr, dass er mal Werbung für eine sprechende Toilette gemacht hat?«

Jacky fing an zu kichern und Mari schwankte auf ihren Schultern bedrohlich hin und her. »Hey, pass auf! Sonst verpassen wir was.«

»Okay, okay.« Jacky wurde sofort wieder ernst. »Was passiert jetzt?«

Fritz fing an, in seiner Jacke zu schwitzen. »Hümmerlein hat irgendwelche getrockneten Kräuter in eine Schale gelegt und angezündet.«

Im Scheinwerferlicht sah man Rauchschwaden aufsteigen und kurz darauf drang ein merkwürdiger Geruch in ihre Nasen. Es roch gleichzeitig süßlich und so beißend, dass Fritz würgen musste. Der Gestank war sogar noch viel schlimmer als die Räucherstäbchen aus dem Esoterikladen und Mamas Räucherwerk zusammen. Er hielt sich die Nase zu. Sogar vor dem Zelt war der Geruch kaum auszuhalten. Wie mochte es erst den Teilnehmern dadrinnen gehen? Es konnte eigentlich nicht mehr lange dauern, bis der erste von ihnen ohnmächtig wurde. Seltsamerweise verzog keiner eine Miene. Nicht einmal ein Husten war zu hören. Fritz beobachtete Herrn Kottel, der im Schneidersitz saß. Sein sauertöpfischer Gesichtsausdruck war verschwunden und auf seinen Lippen lag ein entspanntes Lächeln.

Leise Trommelschläge, die von nirgendwoher zu kommen schienen, erfüllten jetzt den Raum. Es klang wie der Herzschlag einer gigantischen Kreatur. Die Menschen im Raum begannen, ihre Oberkörper im Takt hin- und herzubewegen, langsam und fließend, als befänden sie sich in Trance.

Der Kursleiter war in einen merkwürdigen Singsang verfallen. Mit der klobigen Brille und seinen weißen Gewändern sah er aus wie ein Wesen aus einem Science-Fiction-Film.

Jetzt zog er einen kleinen, silbrig glänzenden Gegenstand aus seiner Tasche. Eine Taschenuhr? Fritz konnte es durch den Rauch nicht gut erkennen. Hümmerlein nahm das Objekt in beide Hände und hob es hoch über seinen Kopf. »Taucht mit mir ein in eine Welt, die kaum ein Mensch je betreten hat!«, verkündete er. »Kommt mit unter die Wasseroberfläche. Ja, so ist es gut. Ihr fühlt euch jetzt ganz leicht und frei, wie Fische im Wasser. Seht ihr das goldene Licht dort hinter dem Riff? Folgt ihm, bis ihr eine Öffnung seht. Dies ist das Tor, das nach Atlantis führt. Kommt mit mir, schwimmt hindurch und folgt eurem Meister!«

Lena schüttelte den Kopf. »Ich kann's nur noch mal sagen, der Typ ist vollkommen irre. Nur ein Verrückter bezeichnet sich selbst als *Meister*.«

»Macht euch bereit für den Übertritt!«, rief Hümmerlein.

Das Trommeln schwoll an, wobei der Rhythmus immer schneller wurde.

Fritz hatte das Gefühl, dass etwas Großes bevorstand, aber er wusste nicht, was. Er wagte es kaum zu atmen und das lag nicht nur an dem penetranten Geruch der verbrannten Kräuter.

»He, was macht ihr da?«, rief in diesem Moment eine tiefe Stimme hinter ihnen.

Fritz erschrak, und neben ihm zuckte Mari so heftig zusammen, dass Jacky das Gleichgewicht verlor, schwankte und mit Klaus zusammenstieß. Sie konnten sich nicht mehr halten und purzelten alle vier zu Boden.

»Uff!«, machte Klaus, als er auf dem Po landete.

»Autsch!« Mari rieb sich das linke Schienbein. »Das gibt bestimmt einen fetten blauen Fleck.«

Fritz hatte sich gerade noch an der Zeltwand abstützen können und war halbwegs sanft gelandet. Er rappelte sich auf und klopfte etwas Staub von seiner Jacke.

»Alles okay bei euch?«, wollte Lena besorgt wissen.

Die vier anderen nickten, und jetzt erst sahen sie, wer sie so erschreckt hatte: Einer der Wachmänner, ein Typ mit Schnauzbart und leichtem Bauchansatz, hatte sich vor ihnen aufgebaut.

»Also?«, fragte er ungeduldig. »Hattet wohl kein Geld für die Eintrittskarten, was? Wo kommen wir denn da hin, wenn Eltern ihren Kindern schon beibringen, sich einfach so einzuschleichen! Andere Leute müssen sich das hart erarbeiten!« Er schnaubte missbilligend.

»Sie denken, dass die drei unsere Kinder sind?«, prustete Jacky.

»Ähhh …« Der Wachmann musterte irritiert Jackys lilafarbene Zotteln, ihre zahlreichen Piercings und die derben Stiefel. Dann schweifte sein Blick von Mari zu Fritz und Lena und blieb schließlich an Klaus hängen, der bei dem Sturz seine Brille verloren hatte und auf allen vieren nach ihr suchte.

Bevor der Schnauzbärtige seine Sprache wiedergefunden hatte, kam plötzlich der zweite Wachmann angerannt, ein rothaariger Hüne mit vielen Sommersprossen. »Ey, Oskar, das musst du dir anschauen!«, japste er.

Der erste Mann drehte sich zu seinem jungen Kollegen um. »Was 'n los, Sven?«

Dieser deutete auf das Zelt. »Keine Ahnung, wie das … ich pack's nicht … eben waren sie noch …« Sein Finger zitterte und er wirkte völlig aufgelöst.

Oskar zog die Augenbrauen zusammen, dann drehte er sich zu den Freunden um. »Ihr bleibt schön hier. Glaubt ja nicht, dass ihr so einfach davonkommt«, grunzte er, bevor er seinem Kollegen folgte.

Fritz sah zu den anderen, die genauso überrascht wirkten wie er selbst. Was war passiert?

»Hm?« Klaus hatte inzwischen seine Brille wiedergefunden und versuchte, sie mit einem Taschentuch zu polieren.

Mari packte ihn am Ärmel. »Na los, hinterher!«

In einigem Abstand folgten sie den beiden Wachmännern zum Zelteingang.

»Das gibt's doch gar nicht!«, rief Oskar, der den Vorhang beiseitegeschoben hatte. »Wie kann das sein?«

Während die beiden Wachen anfingen, aufgeregt miteinander zu diskutieren, versuchte Fritz, einen Blick ins Innere des Zeltes zu erhaschen. Sein Herz klopfte bis zum Hals.

Neben ihm zog Lena überrascht die Luft ein, und Mari flüsterte nur: »Wow!«

Und dann sah Fritz es auch: Das Zelt war leer.

Was zum
Geier?

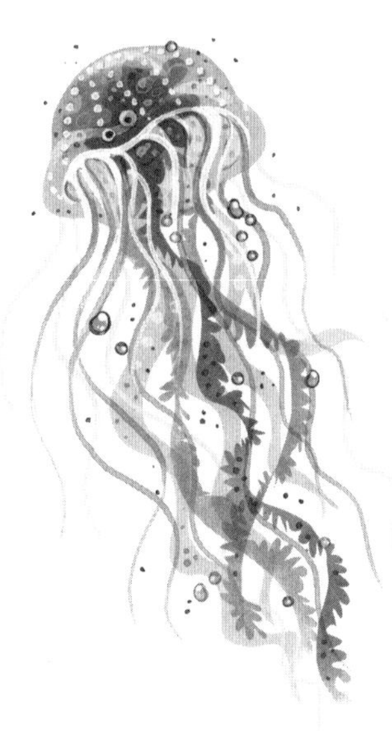

Einöder Käseblatt

Freitag, 30. Dezember

Kursleiter und Teilnehmer spurlos verschwunden!

Etwas höchst Mysteriöses hat sich gestern Nachmittag in Einöd am Meer ereignet. Kursleiter Anupama H. (Alter unbekannt) und die zwölf Teilnehmer seiner beliebten ›Atlantis-Traumreise‹ sind während des Seminars verschwunden, es fehlt jede Spur von ihnen. Auch die Einöder Polizei steht bislang vor einem Rätsel. Unklar ist, wie die Gruppe unbemerkt aus dem Zelt in der al-

ten Werfthalle, das von zwei Männern bewacht wurde, hinausgelangen konnte. Das Videomaterial der Überwachungskamera erwies sich leider als unbrauchbar, da sich anscheinend ein großer Vogel daraufgesetzt hatte.

Bei der Polizeidienststelle sind seitdem etliche Vermisstenmeldungen eingegangen. Keiner der Kursteilnehmer trug persönliche Gegenstände wie Handys bei sich, da diese am Eingang abgegeben werden mussten.

Das Einöder Käseblatt erhielt zudem gestern Abend einen Anruf von einer Schülerin, die anonym bleiben möchte. Sie behauptet, dass es sich bei Anupama H. um niemand anderen als Gregor Hümmerlein handelt, der viele Jahre als absoluter Atlantis-Experte galt und erst vor wenigen Monaten als Hochstapler enttarnt wurde. Danach ist er offenbar untergetaucht.

Unsere Redaktion ist gerade dabei, diese Vorwürfe zu prüfen. Selbstverständlich werden wir weiter über den Vorfall berichten. Sollten Sie Hinweise zum Verschwinden der dreizehn Personen haben, bitten wir Sie, sich direkt an die Polizei zu wenden.

Helga Dinkel-Krämer, Einöd a. M.

»Ich glaub das einfach nicht!« Fritz' und Lenas Mutter schüttelte den Kopf. »Wenn ich nicht hätte arbeiten müssen, wäre ich auch zu dem Nachmittagskurs gegangen.«

»Zum Glück hast du das nicht gemacht.« Ihr Mann seufzte. »Sonst wärst du am Ende genauso verschwunden wie die anderen.«

Mari war gleich morgens vorbeigekommen, und sie saßen alle gemeinsam am Frühstückstisch, aber keiner von ihnen hatte so recht Appetit.

»Ich will gar nicht dran denken, wie viele Beschwerden wir wieder wegen dieser Hümmerlein-Geschichte haben werden.« Simone Pfifferling verbarg das Gesicht in den Händen. Ihre Zerstreutheit der letzten Tage war purer Verzweiflung gewichen. Fritz, Lena und Mari wechselten verstohlene Blicke. Es war natürlich Lena gewesen, die abends bei der Redaktion des Einöder Käseblatts angerufen hatte. Die anderen hatten ihr zugestimmt, dass die Öffentlichkeit am besten schnell von der wahren Identität des Kursleiters erfahren sollte. Die möglichen Folgen für den Laden ihrer Eltern hatten sie allerdings nicht bedacht.

Fritz legte seiner Mutter eine Hand auf die Schulter. »Vielleicht wird es gar nicht so schlimm. Noch ist ja nicht bewiesen, dass wirklich Hümmerlein dahintersteckt.« Er hatte ein schlechtes Gewissen, weil er ihr falsche Hoffnungen machte, aber er wusste nicht, wie er sie sonst beruhigen sollte.

»Nein, aber allein der Name reicht!«, jammerte Simone. »Wir werden diesen Typen wohl nie los!«

»Hoffentlich findet die Polizei bald eine Spur«, meinte Lena.

»Ja hoffentlich«, sagte Fritz nachdenklich. Sie konnten von Glück reden, dass sie nicht am Ort des Geschehens erwischt worden waren, sonst hätten sie vermutlich bei der Polizei als Zeugen aussagen müssen.

Mari hatte geistesgegenwärtig gehandelt und den beiden Wachmännern mit Günthers Hilfe eine Dosis Seeigel-Gift verpasst. Gerade so viel, dass sie für ein paar Minuten außer Gefecht gesetzt waren und sich nicht mehr an ihre Begegnung mit Klaus, Jacky und den Kindern erinnern konnten.

Nachdem Simone und Karsten ihre Jacken angezogen hatten und zum Laden gefahren waren, unterhielten sich die Zwillinge und Mari weiter. Sosehr sie sich gestern Abend zusammen mit Klaus und Jacky auch die Köpfe zerbrochen hatten, keiner von ihnen hatte sich bisher einen Reim auf das Geschehene machen können. Hümmerlein und seine Kursteilnehmer waren wie vom Erdboden verschluckt. Nicht einmal ihre Virtual-Reality-Brillen waren noch da.

»Wohin kann eine so große Gruppe nur unbemerkt verschwinden?« Mari zwirbelte gedankenverloren eine ihrer Haarsträhnen. »Die Polizei hat doch jeden Stein in Einöd umgedreht!«

»Vielleicht wurden sie von Außerirdischen in eine andere Dimension entführt«, überlegte Lena. »Theoretisch ist das möglich. Ich hab neulich so ein Wissensmagazin im Fernsehen gesehen –«

»Was ist denn, wenn sie sich gar nicht mehr an Land befinden? Sondern wirklich nach Atlantis aufgebrochen sind?« Fritz wusste selbst nicht genau, woher dieser Gedanke plötzlich gekommen war. Doch je mehr er darüber nachdachte, desto naheliegender erschien es ihm. Hümmerlein hatte schließlich viele Jahre nach Atlantis gesucht, auch wenn seine Theorien zu der Stadt reichlich abstrus gewesen waren.

Die beiden Mädchen starrten ihn mit offenen Mündern an.

»Stimmt, das ist denkbar«, meinte Mari schließlich.

»Aber so ganz ohne Tauchausrüstung wäre das doch Selbstmord!«, warf Lena ein. »Und vor allem, ohne dass jemand gesehen hat, wie sie das Zelt verlassen haben und zum Wasser gelaufen sind? Da müsste ja Magie im Spiel gewesen sein.«

»Vielleicht war sie das ja?«, sagte Mari. »Wenn es um das echte Atlantis geht, wäre das nicht so abwegig.«

Früher hatten Fritz und seine Schwester Atlantis für eine Legende gehalten. Aber seit sie Mari kannten, wussten sie zumindest, dass Atlantis tatsächlich irgendwo existierte – auch wenn nur wenig darüber bekannt war. Atlantis wurde von einer Königin regiert, und in Almaris erzählte man sich viele Geschichten über die geheimnisvolle Stadt. Sie galt als der Ursprung aller Meeresmagie. Aber Mari war selbst nie dort gewesen. »Als Kind wollte ich immer nach Atlantis, so wie ihr wahrscheinlich nach Disneyland«, hatte sie einmal erzählt. »Ich habe es mir wunderschön vorgestellt und wollte unbedingt die Königin treffen. Aber meine Eltern hatten immer irgendwelche Ausreden, warum das nicht geht.«

»Du meinst, Hümmerlein hat sich und seine Kursteilnehmer nach Atlantis gehext?«, fragte Lena jetzt.

»Das vielleicht nicht, aber ich finde das Ganze echt beunruhigend, und ich glaube kaum, dass die Teilnehmer wissen, worauf sie sich da eingelassen haben. Das kann echt gefährlich für sie werden. Wir müssen irgendetwas tun!«

Fritz spürte einen Kloß im Hals. Auch wenn er die Aussicht, kein Mathe mehr bei Herrn Kottel zu haben, durchaus verlockend fand, wünschte er nicht einmal ihm, dass ihm etwas zustieß. Er wollte gar nicht daran denken, dass seine Mutter um ein Haar auch zu dem Kurs gegangen wäre. »Aber was schlägst du vor? Wo sollen wir anfangen zu suchen? Es gibt doch keinerlei Anhaltspunkte, oder?«

Mari kaute nachdenklich auf ihrer Unterlippe. »Ich hätte eine Idee, wen wir fragen könnten.« Sie blickte zu Fritz und Lena.

»Runa?«, antwortete Lena.

Mari nickte. »Vielleicht können ihr die Seesterne einen Hinweis geben, ob sich Hümmerleins Kurs tatsächlich nach Atlantis aufgemacht hat.«

Obwohl Fritz den Weg nach Almaris mittlerweile gut kannte, war die Reise dorthin immer noch wie das Eintauchen in eine vollkommen andere Welt – im wahrsten Sinne des Wortes. Durch den Pool von Maris Haus gelangten sie direkt hinaus ins Meer und mithilfe der O2-Gums war auch das Atmen unter Wasser kein Problem.

Sie schwammen vorbei am Wrack der *Berta*, Klaus' erstem U-Boot, das nach einer Kollision mit einem von Hümmerleins Hai-U-Booten auf Grund gelaufen war. Auf seiner Oberfläche wucherten bereits Algen. Fritz schluckte, als er an das Erlebnis zurückdachte. Damals waren Klaus, Lena und er nur knapp demselben Schicksal entgangen wie die *Berta*. Zum Glück hatte Mari sie in letzter Sekunde befreit.

Nach einer Weile erreichten sie das große Korallenriff. Durch das Loch, das sich darin befand, gelangte man direkt in den Aqua-Transportator.

»Moin, Leute«, begrüßte sie eine bekannte Stimme, als das Quallenlicht in dem zylindrischen Glaskasten anging.

»Hallo, Knut!« Fritz freute sich, den riesigen Oktopus wiederzusehen. »Wie geht's, wie steht's?«

»Danke, danke, kann nicht klagen«, erwiderte Knut fröhlich und nahm einen tiefen Zug aus seiner Pfeife. Rote Blubberbläschen stiegen auf. »Bin frisch verliebt. Frieda. Ein Wahnsinnskraken, sag ich euch.« Er seufzte schwärmerisch.

Mari zog die Augenbrauen hoch. »Doch nicht etwa die Köchin aus dem Palast?«

Der Oktopus nahm eine leicht rötliche Farbe an und verknotete verlegen zwei seiner Tentakel. »Genau die. Wenn ihr sie seht, richtet ihr bitte aus, dass ich nach Feierabend eine Überraschung für sie habe. Ich lade sie nämlich zum Wellness ein. Nicht weit von Almaris hat eine neue Putzerfisch-Station aufgemacht. Soll der Hammer sein.« Er zwinkerte den Kindern zu, während er mit seinen Fangarmen blitzschnell die Koordinaten in das Steuerpaneel tippte.

»Falls wir sie treffen, sagen wir ihr Bescheid«, meinte Mari. »Erst mal müssen wir aber etwas Wichtiges mit Runa besprechen.«

»Hihihi, schönen Gruß an die alte Schnapsdrossel.« Knut kicherte, als der Aqua-Transportator über dem Marktplatz von Almaris hielt und sich der Glasboden öffnete.

Runas Vorliebe für Schnapspralinen war kein Geheimnis, und Mari hatte immer einen kleinen Vorrat für sie dabei.

Beim Anblick von Almaris verengten sich Maris Augen, und Fritz bemerkte, wie ihre Hand zu der Muschelkette um ihren Hals wanderte. Die Unterwasserstadt war ihre Heimat, aber es musste furchtbar für sie sein, immer an ihre Mutter erinnert zu werden, ohne zu wissen, wie es ihr gerade ging.

Er wollte sie darauf ansprechen, fand jedoch nicht die richtigen Worte.

Mari atmete tief durch und schwamm zielstrebig voran. Günther blickte sehnsüchtig zu dem Stand mit den frittierten Seetangkugeln, aber Mari vertröstete ihn auf später. Sie schwammen auf schnellstem Weg zur Bibliothek, die sich in einem schneckenhausförmigen Gebäude befand. Hier residierte Runa, das Orakel von Almaris. Die riesige Qualle wirkte oft ein wenig zerstreut, und die Tatsache, dass sie von sich selbst konsequent in der Mehrzahl sprach, machte das Ganze nicht unbedingt besser. Nichtsdestotrotz hatten sich ihre Prophezeiungen schon so manches Mal als hilfreich erwiesen.

Runa freute sich sichtlich, die Kinder zu sehen. »Wie schön, dass ihr uns besuchen kommt«, rief sie, und das violette Leuchten ihres gallertartigen Körpers verstärkte sich. »Auch wenn der Anlass eures Besuchs kein erfreulicher ist, wie uns die Seesterne verraten haben.« Die Augen am Rand ihres durchsichtigen Schirms blickten die drei sorgenvoll an.

Mari nickte. »Wir brauchen deine Hilfe, Runa! In Einöd ist etwas ziemlich Merkwürdiges passiert.«

Sie berichtete Runa von dem verschwundenen Atlantis-Kurs und von Lenas Entdeckung, dass es sich bei Anupama um Gregor Hümmerlein handelte.

»Hmmmm«, machte Runa. »Und ihr haltet es für möglich, dass er mit seiner Gruppe tatsächlich die Reise nach Atlantis angetreten hat.«

»Genau«, sagte Fritz. »Wir machen uns echt Sorgen, schließlich sind es keine Meermenschen, und ich kann mir nicht vorstellen, dass alle von ihnen O2-Gums dabeihatten. Kannst du vielleicht irgendetwas herausfinden?«

Runa wiegte ihren Schirm hin und her. »Wir werden sehen, was wir machen können.«

»Wie wäre es mit etwas Süßem als Unterstützung?« Mari hielt Runa die Pralinenschachtel hin, doch zur Überraschung der Kinder lehnte die Qualle ab.

»Wir müssen auf unsere Linie achten.« Sie straffte sich, um möglichst würdevoll auszusehen, und hüstelte. »Außerdem dürfen wir während der Arbeit keinen Alkohol zu uns nehmen. Neue Anweisung unseres direkten Vorgesetzten.«

Mari zog die Augenbrauen hoch. »Mein Paps hat dich auf Entzug gesetzt?«

»Wenn du es so ausdrücken möchtest, ja«, bestätigte Runa etwas zerknirscht. »Aber nun sollten wir uns eurer Frage widmen. Habt ihr denn irgendwelche Anhaltspunkte für euren Verdacht?«

»Bloß, dass sie weg sind und es in dem Kurs darum ging, nach Atlantis zu reisen – und zwar eigentlich nur gedanklich«, sagte Lena.

»Sie haben so komische grüne Getränke eingenommen, bevor sie verschwunden sind«, warf Fritz ein. »Womöglich war das so eine Art Zaubertrank?«

»Verstehe.« Runa nickte und ihr ganzer Quallenkörper wackelte. »Dann wollen wir mal sehen, was die Seesterne dazu sagen.« Sie wabbelte zu der Wand, an der mehrere violett leuchtende Seesterne hafteten. Nachdem Runa einen Schwall Wasser ausgestoßen hatte, begannen sie, sich zu bewegen. »Hmmm …« Runa kratzte sich mit einigen ihrer Tentakel am Schirm. »Es ist nicht ganz eindeutig. Lasst uns noch etwas anderes probieren.« Sie schwebte auf das Podium in der Mitte des runden Raumes zu und vollführte darauf einen kleinen Tanz.

Fritz, Lena und Mari wechselten verstohlen einen Blick. Was hatte das zu bedeuten?

»Der Entzug bekommt ihr wohl nicht. Sie ist eindeutig übergeschnappt!«, krächzte Günther.

»Pssst, sei still!«, zischte Mari.

Grummelnd schlüpfte der Seeigel zurück in ihre Jackentasche, wo er offenbar noch ein paar Krümel entdeckt hatte.

Nachdem Runa ihren seltsamen Tanz beendet hatte, geschah zunächst eine Weile nichts. Dann drang eine sanfte Melodie an Fritz' Ohren und das Podest begann zu beben. Erst nur ganz schwach, dann stärker, sodass man die Erschütterung deutlich sehen konnte.

Plötzlich schien sich seine Oberfläche zu verändern. Sie wölbte sich hoch und fing an zu leuchten, bis in der Mitte des Podiums eine Halbkugel entstanden war, die ein türkisgrünes Licht ausstrahlte.

Fritz konnte den Blick nicht von dem Gebilde abwenden. Es war, als würde von der Halbkugel ein geheimnisvoller Sog ausgehen, der ihn zwang hinzusehen.

»Der Aquamarin«, flüsterte Mari den Zwillingen zu.

Im Innern der Kugel befand sich der Edelstein, den Hümmerlein einst gestohlen hatte. Sein Zauber sorgte dafür, dass Almaris von Eindringlingen verschont blieb, und half Runa zudem bei ihren Weissagungen.

Gebannt sahen die Kinder zu, wie Runa sich über die Halbkugel beugte und sie mit ihren unzähligen Tentakeln vorsichtig abtastete.

Dann wickelte sie ihre Fangarme einen nach dem anderen um die leuchtende Kugel, bis ein feines Geflecht entstanden war.

Die Qualle schloss die Augen und verfiel in einen leisen Singsang. Fritz konnte ihre Worte nicht verstehen, denn sie schienen einer fremden Sprache anzugehören.

Die Halbkugel unter Runa fing an zu pulsieren, zumindest sah es so aus, als das türkisfarbene Licht wie im Rhythmus eines Herzschlags auf und ab flackerte.

Es war unmöglich, den Gesichtsausdruck der Qualle zu deuten. Sie verharrte noch immer in derselben Stellung, so als sei sie eingefroren. Fritz hielt es vor Spannung kaum noch aus. Den beiden Mädchen schien es ähnlich zu gehen.

»Siehst du irgendwas?«, platzte Mari schließlich heraus.

Runa reagierte nicht. Erst als das Licht der Halbkugel erlosch, löste sie ihre Tentakel langsam davon.

Sie seufzte tief, bevor sie sich schließlich wieder den Kindern zuwandte. In ihrem Blick lag Kummer. »Es ist noch schlimmer, als wir befürchtet hatten«, sagte sie ernst. »Wir haben Hümmerlein und seine Anhänger gesehen. Sie werden Atlantis bald erreichen, möglicherweise sind sie sogar schon dort. Und was dann geschehen wird – oder geschehen kann –, ist eine Gefahr für alle von uns.«

»Was hat Hümmerlein diesmal vor?«, fragte Lena. »Will er Atlantis erobern und einen Themenpark daraus machen?«

Runa schüttelte ihren Schirm hin und her. »Hümmerlein ist nicht derjenige, der die Befehle gibt. Er handelt auf Anweisung seines Meisters.«

Damit hatte keiner der drei gerechnet. »Ähh … was denn für ein Meister?«, wollte Fritz wissen. Hümmerlein hatte diesen Begriff benutzt, das stimmte, aber sie waren alle davon ausgegangen, dass er von sich selbst gesprochen hatte.

»Das ist es, was uns Sorge bereitet«, erwiderte Runa. »Wenn wir die Impulse des Steins richtig gedeutet haben, dann ist es kein anderer als …« Die Qualle senkte ihre Stimme, als hätte sie Angst, belauscht zu werden. »… der Unwillkommene.«

Hausarrest

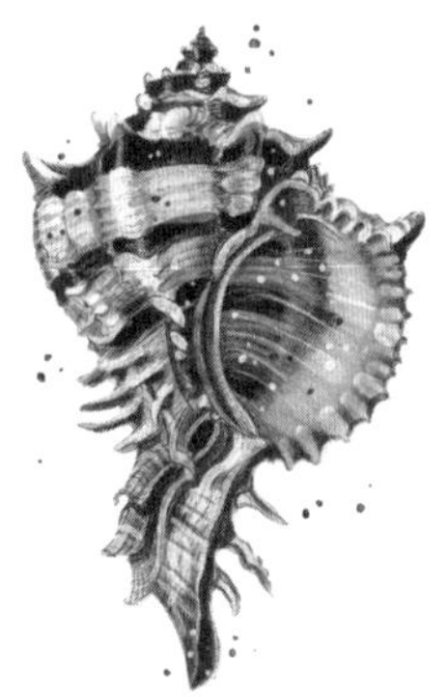

Also ich verstehe nur Bahnhof!«, meinte Mari. »Wer soll das sein, der Unwillkommene?«

Runa, die immer noch sichtlich erschüttert wirkte, schielte zu der Pralinenschachtel. »Wir … öhm … könnten jetzt doch eine kleine Stärkung vertragen, um ehrlich zu sein. Aber nur, wenn ihr uns nicht verratet.«

Mari nahm den Deckel ab und hielt ihr die Pralinen hin. »Greif zu. Wir erzählen es garantiert niemandem.«

»Oh, vielen, vielen Dank!« Erleichtert griff die Qualle sich gleich vier Pralinen auf einmal und verschlang sie gierig. Fritz sah fasziniert zu, wie die Schokoladenstückchen durch ihren wabbeligen Körper wanderten.

»Ahhh, gleich viel besser!« Runa seufzte, dann begann sie zu erzählen: »Nun, wir waren nicht direkt dabei, aber man hat uns eindringlich vor ihm gewarnt. Der Unwillkommene ist ein mächtiger Zauberer, der aus Atlantis stammt und sich schon vor Jahren der Welt der Schatten zugewandt hat. Aus diesem Grund hat man ihn in die Unterwelt verbannt. Es heißt, er sei dort selbst zu einem Schatten geworden, aber so genau weiß man es nicht. Seine böse Macht ist bis heute immer noch spürbar, und immer wieder schickt er seine Diener ins Meer hinaus, um einen Weg aus der Unterwelt zu finden. Man vermutet, dass er nicht ruhen wird, bis es ihm gelingt, zurückzukehren und Rache zu nehmen.«

In Fritz' Nacken breitete sich ein unangenehmes Prickeln aus und er schüttelte sich unwillkürlich. »Rache an wem?«

Runa hob entschuldigend einige ihrer Fangarme. »Vermutlich an jenen, die ihn vertrieben haben. Genaueres ist uns leider nicht bekannt. Der König hat uns verboten, weitere Recherchen anzustellen. Und wie ihr wisst, halten wir uns an seine Anweisungen.« Sie machte eine kurze Pause, während ihr Blick zu der Pralinenschachtel wanderte. Schließlich sagte sie: »Aber vielleicht erzählt er selbst euch ja mehr darüber. Uns hat er nur gesagt, dass der Geheimbund des Nautilus sich um alles kümmert, was mit dem Unwillkommenen zu tun hat.«

Fritz hatte das Gefühl, dass es in seinem Kopf hörbar *Klick* machte. Er schluckte heftig. Auch Mari und Lena starrten Runa wie vom Donner gerührt an. Langsam wandte sich Mari den Zwillingen zu. »Denkt ihr, was ich denke?«

Die beiden nickten. Der Geheimbund wurde nur eingeschaltet, wenn das Unterwasserreich von den Mächten der Schattenwelt bedroht wurde. Und ein Zauberer, der um jeden Preis aus der Unterwelt ausbrechen wollte, war ihnen nur allzu bekannt. Das konnte kein Zufall sein.

»Gargor«, murmelte Lena.

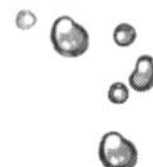

Wenig später knetete Fritz nervös seine Finger, während sie im Thronsaal des Palastes auf den König warteten. Runas Bemerkung, dass Wunibald ihr verboten hatte nachzuforschen, hatte die Kinder hellhörig gemacht. Was wusste Maris Vater?

»Wenn wirklich Gargor hinter den verschwundenen Menschen steckt, kann das eigentlich nur bedeuten, dass er neue Anhänger sammelt«, überlegte Mari. »Auch wenn ich nicht so ganz verstehe, wieso er sie nach Atlantis locken will.«

»Runa hat doch erzählt, dass der Unwillkommene aus Atlantis stammt«, warf Lena ein. »Ich frage mich eher, wieso er sich ausgerechnet Hümmerlein ausgesucht hat. Wie hat sie Gargor noch gleich bezeichnet – Hümmerleins *Meister*?«

»Das klingt, als wäre Hümmerlein sein Leibeigener«, meinte Fritz. »Er kommt mir eigentlich nicht vor wie jemand, der sich von irgendwem Vorschriften machen lässt.«

»Wir wissen aber nicht, was für Tricks Gargor draufhat«, gab Lena zu bedenken. »Er ist ein Zauberer, vergiss das nicht. Und wir haben selbst gesehen, dass er vor nichts zurückschreckt.«

Fritz musste seiner Schwester recht geben. Mit Schaudern erinnerte er sich an die Begegnung mit Nyx, Gargors zweiköpfiger Schlange, zurück. Sie hätte Mari um ein Haar zerdrückt, wenn Fritz nicht geistesgegenwärtig gehandelt hätte.

Mari reckte entschlossen das Kinn. »Trotzdem ist er nicht unbesiegbar. Hildegard hat gesagt, dass es eine Möglichkeit gibt, meine Mutter aus der Unterwelt zu retten und das Tor für immer zu verschließen, wisst ihr noch?«

Lena sah sie erschrocken an. »Aber dafür müsstest du in die Unterwelt!«

»Dieses Thema haben wir doch bereits ausführlich besprochen«, sagte eine Stimme hinter ihnen.

Mari, Fritz und Lena fuhren herum. Wunibald, Maris Vater, war in den Thronsaal geschwommen. Fritz hatte den König als einen gutmütigen und stets fröhlichen Mann kennengelernt. Er war klein und dicklich und erinnerte ihn mit seinem Schnauzbart immer ein wenig an Super Mario.

Doch heute wirkte Wunibald nicht so gut gelaunt wie sonst, eher im Gegenteil. Sein Gesichtsausdruck war ernst und zwischen seinen Augen hatte sich eine tiefe Sorgenfalte gebildet.

»Ich dachte eigentlich, ich hätte mich klar ausgedrückt, als ich dir gesagt habe, du sollst diese Angelegenheit mir überlassen«, meinte er an seine Tochter gewandt und stemmte die Hände in die Hüften. »Es reicht schon, dass ihr euch bei der Aktion im Poseidontempel in Gefahr begeben habt. Ich werde nicht zulassen, dass so was noch mal passiert.«

»Nein, Sie verstehen nicht«, mischte sich Lena ein. »Es sind Menschen aus Einöd verschwunden, dreizehn Personen! Wir dachten zuerst, Gregor Hümmerlein hätte seine Finger wieder im Spiel, und so ist es ja auch, aber …« Sie sprach so schnell, dass sie kurz innehalten musste, um sich zu sammeln. »Also, Runa sagt, Hümmerlein werde von jemandem gesteuert, den man den Unwillkommenen nennt. Und da haben wir uns eben gefragt, ob das nicht –«

»Wer hat euch erlaubt, einfach so Runa zu befragen?« Wunibalds Stimme klang barsch.

»Äh, wir brauchen dafür eine Erlaubnis?«, wollte Fritz vorsichtig wissen.

»Natürlich, seit ich es beschlossen habe«, gab der König zurück, sah dabei aber weiterhin Mari an.

Die hielt seinem Blick stand, ohne mit der Wimper zu zucken. »Wer ist der Unwillkommene, Paps?«, fragte sie. »Ist das ein anderer Name für Gargor?«

Wunibald hob überrascht die Augenbrauen. »Wie kommst du denn darauf?«

»Wir haben einfach eins und eins zusammengezählt«, erklärte Mari. »Warum hast du uns nicht gesagt, dass Gargor aus Atlantis stammt? Was weißt du über ihn, hm?«

Wunibalds Miene verdüsterte sich und er schüttelte den Kopf. »Das spielt keine Rolle.«

»Warum nicht?« Mari starrte ihren Vater ungläubig an. »Ich dachte, wir können über alles reden.«

»Glaub mir, in dem Fall ist es besser, wenn wir das nicht tun.« Der König verschränkte seine Arme vor der Brust.

Fritz konnte sehen, wie Mari um Fassung rang. »Was soll das?«, rief sie. Ihre Stimme zitterte, und dann brach es aus ihr heraus: »Es reicht doch schon, dass Mama und du mich angelogen habt, was meine Fähigkeiten angeht! Ich habe ein Recht, das zu erfahren, schließlich spiele ich laut der Prophezeiung eine entscheidende Rolle beim Kampf zwischen den beiden Welten. Du sagst immer nur, du kümmerst dich darum, aber du machst gar nichts. Ist Mama dir völlig egal?« Sie ballte die Fäuste und klang beinahe hysterisch. »Ich will jetzt verdammt noch mal wissen, was los ist!«

Nun wurde auch Wunibald laut: »So redest du nicht mit mir! Ich bin immer noch dein Vater und du mein Kind!« Fritz hätte sich am liebsten irgendwo verkrochen. Wenn Mama und Papa stritten (was zum Glück selten vorkam), ging es ihm genauso.

»In dein Zimmer!«, polterte Wunibald. »Du hast ab sofort Hausarrest. Dann kannst du dich wenigstens nicht in Gefahr bringen. Ich habe gesagt, ich nehme mich der Sache an, und das werde ich auch tun.«

»Du willst mich einsperren?«, fragte Mari entgeistert. »Aber ich wollte doch nur –«

Ihr Vater schnitt ihr das Wort ab. »Hast du nicht gehört? In dein Zimmer. Ende der Diskussion.« Er machte nicht den Eindruck, als würde er sich umstimmen lassen.

Fritz blickte unsicher zu Lena und fragte: »Äh … und was ist mit uns?«

Wunibald drehte sich zu ihm um, und Fritz erwartete beinahe, ebenfalls angeschnauzt zu werden, aber der König seufzte nur matt.

»Ich werde ein Boot losschicken, das euch nach Hause bringt«, sagte er, während er Richtung Tür schwamm, und seine Stimme klang wieder etwas sanfter. »Tut mir leid, dass wir euch da mit hineingezogen haben. Es ist eine Familienangelegenheit und wir werden das regeln. Macht euch keine Sorgen.«

Fritz wollte antworten, dass er sich sehr wohl Sorgen machte und dass es eben nicht nur um Maris Familie ging. Dreizehn Menschen waren verschwunden. Zwar mochte er weder Hümmerlein noch Herrn Kottel, aber er wollte auch nicht, dass ihnen etwas Schlimmes zustieß. Und wenn Gargor der Drahtzieher war, dann waren sie alle in Gefahr. Doch er traute sich nicht, das laut zu sagen. Er war immer noch erschrocken darüber, dass Wunibald eben so ausgerastet war, und fühlte mit Mari. Sie war wütend, das konnte er sehen, aber sie blieb stumm. Verstohlen wischte sie sich eine Träne aus dem Augenwinkel. Beinahe hätte Fritz mitgeweint. Es war einfach ungerecht. Mari hatte so tapfer gegen die Lumis gekämpft und das Schlimmste verhindert. Dass sie Angst um ihre Mutter hatte, war doch normal.

In diesem Moment kam der König mit zwei tätowierten Wachleuten in den Thronsaal zurück. »Lena und Fritz?«, fragte einer der Wachen. »Euer Boot steht jetzt bereit.«

»Eure königliche Hoheit«, sagte der andere Mann zu Mari. »Ich habe den Auftrag, Euch auf Euer Zimmer zu begleiten.

Mari seufzte und wandte sich den Zwillingen zu. »Tja, dann heißt es wohl Abschied nehmen.« Sie schniefte leise. »Danke, dass ihr meine Freunde seid.« Sie nahm erst

Lena in den Arm, dann Fritz und drückte ihn so fest, dass es beinahe unangenehm war. »Helft mir rauszukommen«, flüsterte sie ihm ins Ohr. »Wartet auf mein Zeichen. Ich melde mich, versprochen!«

Fritz versuchte, sich nichts anmerken zu lassen. Als Mari ihn endlich losließ, warf er verstohlen einen Blick zu Wunibald, doch der redete gerade mit einem der Wachmänner. Fritz nickte fast unmerklich, um Mari zu signalisieren, dass er verstanden hatte.

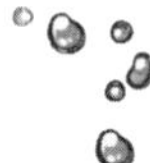

Am Abend lag Fritz im Bett und konnte nicht schlafen. In seinem Kopf wirbelten die Gedanken durcheinander. Warum wollte Wunibald nicht, dass sie Nachforschungen über Gargor anstellten? Was wusste er über die ganze Sache? Es sah Mari ähnlich, dass sie trotzdem nicht aufgeben wollte. Nur was konnten sie schon unternehmen, solange sie Hausarrest hatte?

Ein leises Klopfen riss ihn aus seinen Gedanken.

Fritz knipste das Licht an und rief: »Herein!«

Lena öffnete die Zwischentür, die ihre beiden Zimmer verband. Sie hatte ihr Bettzeug unter den Arm geklemmt. »Ich komme irgendwie gar nicht zur Ruhe. Kann ich heute bei dir schlafen?«

»Äh … na klar«, sagte Fritz überrascht. Lena und er

übernachteten eigentlich nur im selben Zimmer, wenn es sich nicht vermeiden ließ – also zum Beispiel im Urlaub oder wenn sie Klaus besuchten. Aber seltsamerweise war er heute froh, nicht allein sein zu müssen.

Während Lena es sich mit ein paar Decken und Kissen auf dem Fußboden so bequem wie möglich machte, wanderte sein Blick zum Aquarium. Seit seine Schildkröte Hildegard verschwunden war und sich wenig später als Zauberin entpuppt hatte, die dem Geheimbund des Nautilus angehörte, stand es leer. Er hatte es noch immer nicht übers Herz gebracht, es abzubauen oder gar neue Bewohner dafür zu kaufen. Seitdem er die wunderbare Welt unter Wasser kennengelernt hatte, kam es ihm falsch vor, andere Lebewesen einzusperren.

»Was glaubst du, hat Mari damit gemeint, als sie gesagt hat, sie würde uns ein Zeichen geben?«, fragte Lena.

»Darüber habe ich mir auch schon die ganze Zeit den Kopf zerbrochen.« Fritz seufzte. »Keine Ahnung, was das sein könnte.«

»Denkst du, wir sollten Olf anrufen?«

»Lieber nicht. Wunibald hat ihn schließlich beauftragt, auf Mari aufzupassen. Er will bestimmt auch nicht riskieren, dass ihr etwas passiert.«

»Ja, du hast recht. Aber wir können doch nicht tatenlos rumsitzen!«, meinte Lena frustriert.

»Vielleicht können wir Jacky um Hilfe bitten. Sie soll

den Geheimbund kontaktieren. Möglicherweise kann uns Hildegard noch mehr über die Sache mit Gargor und Atlantis erzählen.«

»Gute Idee. Lass uns gleich morgen zu Jacky und Klaus fahren! Aber vielleicht sollten wir jetzt doch lieber versuchen zu schlafen. Ich bin total erledigt.« Lena gähnte geräuschvoll und kuschelte sich in ihre Kissen.

Fritz zog sich die Decke bis unters Kinn. Ihm war plötzlich kalt geworden. Er knipste das Licht aus und versuchte, an etwas Langweiliges zu denken. Mathe bei Herrn Kottel. Es gab nichts, was öder war. Aber dann fiel ihm ein, dass Herr Kottel ja verschwunden war und vielleicht nie wieder … *Nein!* Fritz zwang sich, an etwas anderes zu denken. Die Sendungen, die seine Oma immer im Fernsehen anschaute. Ja, das war gut. Erst neulich war ein Bericht über die Transsibirische Eisenbahn gelaufen. Die monotone Stimme des Sprechers und das regelmäßige Tuckern des Zuges waren so einschläfernd gewesen, dass Fritz schon gähnen musste, wenn er nur daran dachte. Er rief sich wieder ins Gedächtnis, wie der Zug die Tundra durchquerte, endlos viele Kilometer unberührtes, karges Land, hier und da vielleicht ein paar Ziegen …

Einzig diese penetranten Lautsprecherdurchsagen nervten. Und warum musste Oma ihren Fernseher immer so laut stellen?

»Fritz! Lena! Könnt ihr mich hören?«, schnarrte die

Stimme, und erst da wurde Fritz bewusst, dass er eingenickt sein musste.

Benommen rappelte er sich hoch. Wer oder was hatte ihn geweckt?

»Fritz?« Da war die Stimme wieder. Sie klang seltsam verzerrt, und er konnte sich nicht erklären, wo sie herkam. Träumte er etwa noch?

Fritz rieb sich die Augen. Er tappte aus dem Bett und stolperte dabei über einen Haufen aus Decken und Kissen. Erst als dieser einen Schmerzenslaut von sich gab, fiel ihm wieder ein, dass Lena immer noch auf dem Fußboden campierte.

»Aua! Was soll das denn?«, beschwerte sie sich.

»Sorry! Alles okay?« Fritz knipste die Nachttischlampe an.

»Nichts gebrochen.« Lena rieb sich ihr rechtes Schienbein. »Aber du bist mit deinen Quadratlatschen auf mein Bein getrampelt.«

»Pfff, du hast die gleiche Schuhgröße wie ich!«, gab Fritz empört zurück.

»Wollt ihr lieber streiten oder mir zuhören?«, meinte die Stimme.

Fritz und Lena starrten einander an.

»Was war *das* denn?«, fragte Lena entsetzt.

»Keine Ahnung!«, Fritz hob die Hände. »Ich bin davon aufgewacht und dachte zuerst, ich hätte es mir nur eingebildet.« Er blickte sich suchend im Zimmer um. Beide Türen waren zu, die Fenster sicher verschlossen und sein Bluetooth-Lautsprecher hatte letzte Woche das Zeitliche gesegnet. Wo also kam das Geräusch her?

Da fiel sein Blick wieder auf das Aquarium. Konnte es sein, dass … nein, Hildegard war bestimmt nicht zurückgekommen. Jacky hatte ihnen erst neulich berichtet, wie sehr die alte Frau das Leben in Freiheit genoss. Wenn sie nicht gerade das Böse bekämpfte, war sie Stammgast im Spielcasino *Zum pokernden Seestern*. Trotzdem trat Fritz näher, um ganz sicherzugehen.

»Fritz, hörst du mich?«, fragte die Stimme erneut und klang dabei schon etwas näher. Jetzt kam sie Fritz auch ein bisschen bekannt vor. Sie war zwar nach wie vor durch starkes Rauschen verzerrt, aber sie klang eindeutig nach …

»Mari?«

»Ja, ich bin's! Ich hab doch gesagt, dass ich mich bei euch melde.«

Verwirrt suchte Fritz das Aquarium ab, doch außer Schlingpflanzen, ein paar Steinen und dem Whirlpool, den Lena und er für Hildegard gebaut hatten, war nichts darin. Nein, halt! – Hinter einer der Pflanzen schimmerte etwas hervor. Fritz hob den Deckel des Aquariums ab und griff hinein.

Lena war neugierig hinter ihn getreten. »Was ist das?«

»Die hatte ich schon ganz vergessen.« Fritz öffnete seine Hand und hielt seiner Schwester den Gegenstand hin.

In seiner Handfläche lag eine hübsche, schillernde Muschel. Maris Vater hatte sie den Zwillingen geschenkt, als er sie zu Ehrenbürgern von Almaris ernannt hatte. Und jetzt erinnerte Fritz sich auch wieder daran, was Wunibald damals gesagt hatte: Diese Muschel ermöglichte es ihnen angeblich, Kontakt nach Almaris aufzunehmen. Bisher war ihnen das allerdings nie gelungen, und da sie Mari sowieso fast jeden Tag in der Schule sahen, hatten die Zwillinge überhaupt nicht mehr an die Muschel gedacht.

»Ah super, ihr habt sie gefunden.« Das Rauschen im Hintergrund war zwar noch immer stark, aber jetzt, da die Muschel nicht mehr von den Pflanzen verdeckt war, konnten sie Mari deutlich besser verstehen.

»Okay. Sorry, dass es so spät geworden ist. Ich musste warten, bis Tjark eingepennt ist.«

»Wer ist denn Tjark?«, wollte Fritz wissen.

»Der Wachmann vor meiner Tür«, erklärte Mari schnell. *»Er könnte aber jederzeit wieder aufwachen und hat echt gute Ohren. Also, hört mir genau zu. In meinem Zimmer unter dem Bett findet ihr eine kleine Schachtel. Ich habe sie für Notfälle dort aufbewahrt und das hier ist einer ...«*

Gebannt lauschten Fritz und Lena Maris Anweisungen. Das Ganze klang gefährlich und außerdem ziemlich kompliziert. Fritz war froh, dass er sich auf das ausgezeichnete Gedächtnis seiner Schwester verlassen konnte, sonst hätte er mitschreiben müssen.

»Okay. Ich denke, wir haben so weit alles verstanden«, sagte Lena, als Mari fertig war. »Ich habe bloß noch eine Frage: Was machen wir denn, wenn Olf uns erwischt?«

Das Rauschen im Hintergrund wurde plötzlich so laut, dass Maris Antwort vollkommen unterging.

»Kannst du das bitte noch mal wiederholen?«, rief Fritz.

»Sorry, schlechte Verbindung«, sagte Mari, und sie mussten genau hinhören, um ihre Worte unter all dem Rauschen noch auszumachen. *»... alte Muschelkette meiner Mutter ... hat leider schon ein paar Risse ... also, ich sagte: Wenn Olf irgendwas ... dann ... gewaltig in der Tinte ... nur eine Möglichkeit: Lasst euch nicht erwischen!«*

Ein riskanter Plan

Einöder Käseblatt

Samstag, 31. Dezember

Verschwundener Atlantis-Kurs:
Noch immer keine heiße Spur
Wahre Identität des Kursleiters bestätigt

Seit zwei Tagen werden der Kursleiter Anupama H. und die zwölf Teilnehmer der ›Atlantis-Traumreise‹ vermisst. Die Polizei steht weiterhin vor einem Rätsel. Die Gegend um den Hafen wurde bereits intensiv abgesucht, auch mehrere Polizeitaucher waren dabei im Einsatz – leider ohne Erfolg.

Ein Polizeisprecher gab gestern bekannt, dass die beiden Wachmänner, die zum Zeitpunkt des Verschwindens

Dienst hatten, offenbar unter Drogen standen. In ihrem Blut fand man eine Substanz, die noch nicht vollständig analysiert werden konnte. Man vermutet jedoch, dass sie Halluzinationen und Gedächtnisverlust auslöst. Somit kann nicht ausgeschlossen werden, dass die Teilnehmer den Raum doch durch den Haupteingang verlassen haben, ohne dass die Männer etwas mitbekamen. Beide Wachen bestreiten vehement, illegale Drogen konsumiert zu haben. Möglicherweise wurde ihnen die Substanz ohne ihr Wissen verabreicht.

Bestätigt hat sich indes der anonyme Hinweis eines Mädchens in Bezug auf die Identität des Kursleiters. Die Polizei hat sein Hotelzimmer durchsucht und fand dabei mehrere Dokumente, die eindeutig belegen, dass Anupama H. in Wirklichkeit Gregor Hümmerlein ist. Der falsche Professor und selbst ernannte Atlantis-Experte machte zuletzt durch ein Fernsehinterview Schlagzeilen, in dem er wirres Zeug redete. Bürgermeister Hasenknopf untersagte ihm daraufhin weitere öffentliche Auftritte in Einöd und Hümmerlein verschwand von der Bildfläche.*

Seine enorme kriminelle Energie und die Tatsache, dass er nun unter falschem Namen nach Einöd am Meer zurückgekehrt ist, legt nahe, dass Hümmerlein die zwölf unbescholtenen Personen entführt hat. Vollkommen unklar ist jedoch, zu welchem Zweck, denn bisher sind kei-

ne Lösegeldforderungen eingegangen. Die Polizei ist weiterhin dankbar für Hinweise in dieser Sache.

Helga Dinkel-Krämer, Einöd a. M.

** Anmerkung der Redaktion: Es kann spekuliert werden, ob er damals unter dem Einfluss derselben Substanz stand wie nun die beiden Wachmänner.*

Der nächste Tag verlief zunächst ohne große Vorkommnisse. Mama und Papa waren schon früh zum Souvenirladen gefahren. Ihre Befürchtung, dass das Verschwinden der Kursteilnehmer ihrem Laden schaden könnte, hatte sich glücklicherweise nicht bewahrheitet – im Gegenteil, das Geschäft wurde weiterhin sehr gut besucht. Viele Kunden waren einfach neugierig und kamen in den Laden, um Fritz' und Lenas Eltern auszufragen. Frau Käsebrock schaute sogar zweimal täglich vorbei und erkundigte sich, ob es etwas Neues gab. Dass sie dabei ihre eigenen Kunden vernachlässigte, schien ihr egal zu sein. Papa hatte die Idee gehabt, eine Kaffeemaschine aufzustellen, damit die Leute länger blieben, und der Plan war aufgegangen. Statt in Frau Käsebrocks Kiosk traf man sich nun im Souvenirgeschäft, um den neuesten Tratsch auszutauschen. Die Kaffeemaschine stand nicht mehr still, und viele Kunden kauften aus Verlegenheit noch ein paar Atlantis-Souvenirs, die zu Hause garantiert im Regal verstauben würden.

Bei all dem Trubel waren Fritz' und Lenas Eltern sogar froh gewesen, als die Zwillinge gefragt hatten, ob sie Silvester mit Klaus und Jacky auf der *Roxana* feiern durften. Aber das war natürlich nur Tarnung, denn in Wirklichkeit planten sie Maris Befreiung.

Dafür mussten sie zunächst unbemerkt in Maris Haus kommen. Sie waren sich einig, dass sie nur eine Chance hatten, wenn es ihnen gelang, Olf irgendwie wegzulocken. Lenas Idee, mithilfe der O2-Gums durch den Pool ins Haus zu schwimmen, hatten sie recht schnell wieder verworfen. Dabei konnte zu viel schiefgehen, und ohne die Möglichkeit, sich umzuziehen, würden sie überall in den Räumen Pfützen hinterlassen. Fritz hatte schließlich vorgeschlagen, Konstantin um Hilfe zu bitten. Da dessen Vater bereits am zweiten Weihnachtsfeiertag wieder auf Geschäftsreise gegangen war, langweilte er sich zu Hause ohnehin bloß und war froh über jede Ablenkung. Er hatte sofort zugesagt. Fritz hegte den leisen Verdacht, dass das auch ein bisschen an Lena lag.

»Also, was soll ich machen?«, fragte Konstantin voller Tatendrang, als sie sich gegen Mittag bei ihm zu Hause trafen.

Lena hielt ihm ihr Handy hin. »Das ist eine Kleinanzeige, die Olf aufgegeben hat. Du rufst ihn an und sagst, dass du Interesse an seinem Angebot hast, und fragst ihn, ob er es dir vorbeibringen kann.«

Konstantin beugte sich über das Display und zog die Augenbrauen hoch. *»Detox-Algen-Shake für Gewichtsverlust, Muskelaufbau und Haarwachstum«*, las er vor. *»Enthält viele Vitamine und Proteine. Formen Sie Ihren Körper neu und beeindrucken Sie Ihre/n Traumpartner/in!«*

Er klickte die Bilder an, die Olf hochgeladen hatte. Es waren Vorher-nachher-Fotos, die angeblich die Transformation eines kleinen, dicken Glatzkopfs zum muskelbepackten Hünen mit vollem Haar zeigten. *»Sensationelle Ergebnisse in nur 7 Tagen.* Nicht schlecht.« Konstantin kratzte sich am Kinn. »Hm, aber seid ihr sicher, dass das derselbe Typ ist wie auf dem Vorher-Bild?«, fragte er dann. »Der ist ja mindestens einen Kopf größer und auf dem einen Foto hat er Haare und auf dem anderen nicht …«

»Nein, natürlich ist es *nicht* derselbe«, sagte Fritz ungeduldig. Konstantin war manchmal ein bisschen schwer von Begriff. »Olf will nur sein überteuertes Pulver loswerden. Aber am besten stellst du ihm diese Frage selbst und verwickelst ihn in ein Gespräch. Dann ist er eine Weile beschäftigt und wir können ungestört das Kästchen holen.«

»Okay, das hab ich verstanden.« Konstantin nickte. »Ihr sagt mir Bescheid, sobald ihr das Teil habt?«

»Genau«, antwortete Lena. »Und falls es irgendwelche Probleme mit Olf gibt, melde dich sofort bei uns, damit wir rechtzeitig verschwinden können.«

»Alles klar.« Konstantin grinste. »Ich will aber was dafür haben, dass ich bei eurer Aktion mitmache.«

Lena starrte ihn an. »Dein Ernst? Du hast doch alles, was man sich vorstellen kann.« Konstantin stammte aus einer steinreichen Familie, und sein Vater kompensierte die Tatsache, dass er so gut wie nie da war, mit teuren Geschenken. Zu Weihnachten hatte Konstantin eine Drohne, ein Formel-1-Lenkrad für seine Playstation mit passendem Sitz, einen 3D-Drucker und gleich zwei neue Pferde bekommen.

»Ich meine nichts Materielles.« Konstantin sah Lena in die Augen. »Ich würde dich gerne ins Kino einladen. Du darfst auch den Film aussuchen.«

»Oh.« Lena wurde rot wie eine Tomate und schien nicht zu wissen, was sie darauf antworten sollte.

Fritz musste sich beherrschen, um nicht zu lachen. Er schaute weg und tat so, als würde er sich für Konstantins Aquarium interessieren, in dem der Piranha Harro gerade genüsslich ein paar Shrimps verzehrte.

»Ähm … okay, wenn du darauf bestehst«, hörte er Lena sagen. »Also, es gibt da diese neue Dokumentation über weibliche Pioniere der Wissenschaft, die ich mir anschauen wollte.«

»Klingt super!«, meinte Konstantin, und Fritz gab sich größte Mühe, sein Grinsen zu verstecken.

»Gut, nachdem das geklärt ist, können wir ja loslegen«, rief er und wandte sich wieder Lena und Konstantin zu. Lena warf ihm einen Blick zu, der zu sagen schien: *Ein dummer Spruch von dir und ich drehe dir den Hals um.*

Konstantin bekam davon nichts mit. Er tippte Olfs Nummer in sein Handy ein und drückte auf *Anrufen.*

Es dauerte fast eine geschlagene Minute, bis Olf abhob. »Hi, Olf, hier ist Konstantin.« Eine kurze Pause entstand. »Oh, du hast geschlafen? Sorry … also, ich habe deine Anzeige gelesen, die mit dem … ja, ganz genau. Ich würde mir das gerne ansehen, aber mein Zeitplan ist ein bisschen knapp heute Nachmittag. Ich habe um drei Fechten und um fünf muss ich schon wieder los zu Japanisch. Deswegen wollte ich fragen, ob du es mir vorbeibringen könntest. Ich leg dafür natürlich 'nen Fuffi drauf, ist ja klar.«

Gespannt warteten sie auf Olfs Antwort. Da dieser chronisch knapp bei Kasse war, musste die Aussicht auf ein erfolgreiches Geschäft doch verlockend klingen.

Schließlich hellte sich Konstantins Gesicht auf. »Ach, super! Ja, um vier Uhr bei mir. Dann kannst du mir ja gleich noch ein bisschen was zu dem Shake erklären.« Er gab Olf die Adresse durch, dann legte er auf.

»Das lief ja schon mal wie am Schnürchen.« Lena

freute sich. Jetzt musste bloß noch der zweite Teil ihres Plans gelingen. Und das war der deutlich heiklere.

Es dämmerte bereits, als Fritz und Lena ihre Stiefel auf der Fußmatte vor dem Haus abklopften, in dem Mari und Olf wohnten. Sie fanden den Schlüssel für die Haustür unter einem Schirmständer in Fischform, genau wie Mari gesagt hatte. Die Geschwister hatten sich im Gebüsch auf der anderen Straßenseite versteckt, und nachdem sie gesehen hatten, wie Olf auf seinem Motorrad davonfuhr, waren sie hervorgekrochen und zu Maris Haus gelaufen.

Fritz rieb seine Hände aneinander, die trotz der Handschuhe eiskalt waren. »Eine Minute länger und mir wären die Finger abgefroren.«

Ihr Atem bildete kleine Wölkchen in der kalten Dezemberluft, und sie waren froh, als sie das gut beheizte Haus betraten. Die geräumige Villa am Stadtrand war ihnen inzwischen so vertraut, dass sie den Weg zu Maris Zimmer sogar im Dunkeln fanden. Sie gingen ein paar Schritte in den Flur hinein und lauschten. Im Haus herrschte Stille, nur das Ticken der großen Standuhr im Wohnzimmer war zu hören. Es roch immer noch leicht angekokelt, seit Olfs Versuch, Weihnachtsplätzchen zu backen, gründlich schiefgegangen war. Nachdem sie sich vergewissert hatten, dass die Luft rein war, zogen sie ihre Jacken und Stiefel aus und gingen direkt nach oben. Obwohl niemand da war, der sie hören konnte, zuckte Fritz zusammen, als er mit dem Fuß gegen das Treppengeländer stieß. »Mist«, fluchte er leise.

Maris Zimmer lag unterm Dach und hatte direkten Blick aufs Meer. Obwohl der Stil des Hauses gewöhnungsbedürftig war (irgendein berühmter Architekt hatte es vor zehn Jahren entworfen und sich richtig ausgetobt), fand Fritz den Raum sehr gemütlich. Die Wände waren türkisfarben und Mari hatte sie mit bunten Fischen bemalt. Es gab ein großes Dachfenster, durch das man den Mond sehen konnte, und ein bequemes, großes Bett, auf dem die Zwillinge schon einige Nachmittage verbracht und Mari dabei zugesehen hatten, wie sie ihre Kräfte mit einem Glas Wasser trainierte. Neben dem Bett stand ein großes Aquarium mit Seeigel-Spielplatz, das jetzt allerdings leer war.

»Okay«, meinte Lena. »Mari hat gesagt, dass wir unter ihrem Bett suchen sollen.« Sie beugte sich hinunter und machte mit der Taschenlampe ihres Handys Licht. »Puh, Mari sollte hier echt mal putzen.« Sie rümpfte die Nase.

Fritz hatte sich neben sie gekniet und sah sofort, was seine Schwester meinte. Eine zentimeterdicke Staubschicht hatte sich dort angesammelt, außerdem lag allerhand Plunder herum – leere Algenchipstüten, mehrere

Buntstifte und ein paar einzelne Socken. Fritz musste unwillkürlich grinsen. Das erklärte wohl, warum Mari in letzter Zeit öfter mal zwei verschiedenfarbige Socken trug.

»Hm, ich sehe kein Holzkästchen«, murmelte Lena.

Fritz strengte sich an, aber auch er konnte nichts erkennen. »Nee … doch, warte mal … leuchte noch mal da drüben hin, bitte.«

Lena richtete den Lichtstrahl in die Richtung, in die Fritz gezeigt hatte. Tatsächlich, unter einer der Chipspackungen ragte ein Stück dunkles Holz hervor. »Oje, wie kommen wir da bloß ran?« Lena stöhnte.

Fritz sah sich im Zimmer nach einem Besenstiel oder etwas Ähnlichem um. Leider Fehlanzeige. Kurzerhand legte er sich flach auf den Boden und steckte den Kopf unter Maris Bett. Der Abstand zum Boden war gerade so groß, dass Fritz sich darunterzwängen konnte, wenn er sich ganz dünn machte. Während Lena von der anderen Bettseite aus auf die Stelle leuchtete, stieß Fritz sich mit den Füßen ab und schob sich Zentimeter um Zentimeter vorwärts, bis er schließlich bei der glänzenden Tüte angelangt war. Er schob sie beiseite und ein kleines dunkelbraunes Holzkistchen kam zum Vorschein. Fritz zog es zu sich heran. »Ich habe es!«, rief er Lena zu. »Ich komme jetzt wieder raus.«

Doch das war leichter gesagt als getan. Er versuchte,

sich nach hinten zu schieben, aber sein Fuß hatte sich in irgendetwas verheddert. Hastig ruderte er mit dem freien Arm und wirbelte dabei jede Menge Staub auf. *»Hatschi!«*, machte er und fluchte kurz darauf, weil er sich den Kopf am Bett gestoßen hatte.

»Warte, ich helfe dir.« Lena legte das Handy beiseite. »Zieh den Kopf ein.« Dann packte sie Fritz an beiden Beinen und zerrte ihn unter dem Bett hervor.

Erschöpft ließ Lena sich auf den Boden plumpsen, nur um direkt einen Lachanfall zu bekommen. »Wahnsinn, Fritz! Du siehst einfach großartig aus.«

Ehe Fritz protestieren konnte, hatte sie ihr Handy gezückt und ein Foto von ihm geknipst. Als sie es ihm zeigte, musste auch Fritz losprusten. Er war von Kopf bis Fuß staubig, nur seine Augen und sein Mund waren noch unter der grauen Schicht zu erkennen. Fritz kicherte und musste gleich wieder niesen, was eine neuerliche Staubwolke aufwirbeln ließ.

Schließlich beruhigten sich die Zwillinge wieder und Lena reichte Fritz ein Taschentuch. »Los, mach schon auf«, sagte sie, nachdem er sich die Nase geputzt hatte. Fritz blickte auf die Holzschatulle in seinem Schoß und wischte mit dem Ärmel seines Pullovers die Staubschicht ab. Das Kästchen war aus edlem Holz gefertigt und hatte Beschläge aus Messing. Er atmete tief durch, dann klappte er den Verschluss auf und hob den Deckel an.

Das Innere des Kästchens war in ungefähr zwanzig Fächer unterteilt, in denen kleine Tropffläschchen steckten. Sie erinnerten Fritz an die Duftöle, die Mama im Badezimmer stehen hatte. Nur dass der Inhalt dieser Fläschchen leuchtete. Purpurrot, Smaragdgrün, Marineblau … sogar ein regenbogenfarbenes war dabei. Auf den Fläschchen klebten farbige Etiketten, die jemand fein säuberlich beschriftet hatte.

»Transformationsserum«, sagte Lena ehrfürchtig. Von Mari wussten sie, dass man sich mithilfe des Serums in verschiedene Meerestiere verwandeln konnte.

Sie hatte ihnen allerdings auch eingeschärft, mit dem Inhalt der Fläschchen sehr sorgfältig umzugehen. Wenn man zu viel erwischte, konnte das Serum unerwünschte Nebenwirkungen haben, und auch wenn Mari nicht ins Detail gegangen war, hatte Fritz ziemlichen Respekt davor.

Lena nahm eins der Fläschchen in die Hand und las das Etikett. »*Schwertfisch* … nein, zu groß.« Sie zog das nächste heraus. »*Tigerhai.* Die sehen cool aus und wir wären zur Abwechslung mal richtig Furcht einflößend!«

»Erst recht zu groß. Mari hat gesagt, dass wir etwas möglichst Kleines, Unauffälliges wählen sollen«, warf Fritz ein. Er griff ebenfalls nach einem Fläschchen. »*Seepferdchen.* Wie wäre das?«

Lena schien zu überlegen. »Mhm, ja, das könnte funktionieren. Los, wir gehen gleich runter zum Pool und probieren es aus.«

Sie nahm das Holzkästchen in die Hände und stand auf. Fritz klopfte ein wenig Staub von seiner Kleidung, was jedoch nur einen geringen Effekt hatte. Sie wollten gerade zur Tür, als beide wie angewurzelt stehen blieben.

Im Türrahmen stand Olf.

Seepferdchen

Ihr zwei seid wirklich die schlechtesten Einbrecher der Welt. Ihr habt nicht mal gemerkt, dass ich das Motorrad nur um die Ecke geparkt habe und dann zurückgekommen bin.« Olf grinste.

Lena versuchte, das Holzkästchen hinter ihrem Rücken zu verstecken, aber an Olfs Augenbewegung erkannte Fritz, dass er es bereits gesehen haben musste. Olf sagte nichts, sondern musterte die Zwillinge erwartungsvoll.

»Wir … äh … wir können alles erklären«, stammelte Fritz. Hinter zusammengebissenen Zähnen murmelte Lena: »Ich bringe Konstantin um.«

»Nicht nötig.« Olf winkte ab. »Ich weiß sowieso schon alles. Mari hat euch beauftragt, das Kästchen aus ihrem Zimmer zu holen und sie zu befreien. Ihr habt wohl vergessen, dass ich früher beim Meeres-Geheimdienst war.«

Er kicherte. »Hab mir damals ein paar nützliche Dinge angeeignet. Wie man Muschelgespräche abhört, weiß ich zum Beispiel noch ganz gut.«

Fritz starrte ihn an. »Du hast uns belauscht?«

Olf hob entschuldigend die Hände. »Ich wollte eigentlich nur wissen, wo Mari steckt, weil ich nichts mehr von ihr gehört habe.«

Damit hatte Fritz nicht gerechnet. »Du wusstest gar nicht, dass sie Hausarrest hat?«

Olf schüttelte den Kopf. »Wunibald hat wohl vergessen, mir Bescheid zu geben. Der Gute ist momentan ein bisschen durcheinander, wie mir scheint. Kann man ja auch verstehen …«

»Also ich habe ehrlich gesagt kein Verständnis dafür, wie er Mari behandelt«, widersprach Lena trotzig. »Sie wollte nur helfen und er sperrt sie in ihr Zimmer. Das ist echt gemein von ihm.«

Olf seufzte. »Am besten erzählt ihr mir die ganze Geschichte von Anfang an. Kommt doch erst mal mit runter ins Wohnzimmer. Ich mache euch einen Kakao, und dann überlegen wir gemeinsam, was wir unternehmen können.«

Wenig später saßen sie mit dampfenden Kakaobechern auf der großen blauen Couch. Fritz' Klamotten und Haare waren immer noch von einem Grauschleier überzogen, aber er hatte sich zumindest das Gesicht gewaschen.

Konstantin schickte Lena zahllose Nachrichten und entschuldigte sich, dass er nicht Bescheid gesagt hatte *(Ich dachte wirklich, Olf kommt gleich vorbei. Du musst mir glauben, Lena. Bitteeeeee! Gehen wir trotzdem ins Kino?)*, aber sie ignorierte ihn.

Die Zwillinge berichteten Olf von ihrem Besuch bei Runa und von dem Streit zwischen Mari und Wunibald. Er hörte nachdenklich zu und strich dabei mit der Hand durch seinen langen Bart. »Oje«, brummte er. »Er wusste sich anscheinend nicht anders zu helfen. Überlegt mal: Wunibald hat seine Frau seit mehr als zwei Jahren nicht gesehen, und er weiß noch nicht mal, wie es ihr geht. Das muss ganz schrecklich für ihn sein. Er hat einfach Angst, dass Mari auch etwas passiert. Das könnt ihr bestimmt nachvollziehen, oder?«

Fritz nickte betroffen. Er wollte sich gar nicht ausmalen, so lange von seinen Eltern oder Lena getrennt zu sein. »Ich verstehe trotzdem nicht, wieso er uns überhaupt nichts über Gargor oder Atlantis sagen will. Weißt du, was Wunibald vorhat?«

Olf verneinte. »Er hat mich nicht in seine Pläne eingeweiht. Offenbar will er vermeiden, dass zu viele Leute davon erfahren.«

»Das ist ja komisch«, meinte Lena. »Ich dachte, du gehörst zu seinen engsten Vertrauten.«

Olf zuckte mit den Schultern. »Hat mich auch gewundert. Aber mir ist schon öfter aufgefallen, dass Wunibald beim Thema Atlantis sofort dichtmacht. Da muss irgendwas vorgefallen sein, über das er auf keinen Fall reden möchte.«

»Denkst du denn, dass jemand anderes vom Geheimbund mehr darüber wissen könnte? Hildegard vielleicht?«, fragte Fritz.

Olf wiegte den Kopf hin und her. »Das kann ich leider nicht ganz einschätzen. Hildegard spricht ja gerne mal in Rätseln, wie ihr wisst. Wir können sie gerne fragen. Aber erst mal sollten wir Mari befreien.«

»Echt, du willst uns helfen?« Lena sah Olf überrascht an. »Verstößt du damit nicht gegen irgendwelche Regeln oder so? Wunibald ist doch dein Chef.«

»Nee, nee, ich bin mein eigener Chef«, sagte Olf und schmunzelte. »Bin selbstständig. Wunibald hat mich beauftragt, auf Mari aufzupassen. Wie genau, hat er im Grunde aber nie definiert.«

Fritz musste lachen. Olf überraschte ihn immer wieder. »Du meinst, du kannst sie auch beschützen, während sie gegen das Böse kämpft?«

»Jupp, so sieht's aus.«

»Na dann«, Lena sprang auf. »Worauf warten wir noch?«

Olf schien sich mit dem Transformationsserum gut auszukennen und erklärte ihnen, welche Vor- und Nachteile die verschiedenen Fische hatten. »Wir sollten nichts nehmen, was zu sehr auffällt. Also keine zu großen oder starken Fische. Seepferdchen sind gut, die schwimmen sowieso überall im Palast herum und sind klein genug, um sich zur Not zu verstecken. Außerdem können sie mit ihrem Schwanz sogar nach Dingen greifen, was in unserem Fall äußerst praktisch sein dürfte.«

Und so war die Entscheidung schnell gefallen. Olf füllte ein paar Tropfen des Seepferdchen-Serums in eine winzige Phiole ab (»Für Mari. Sie muss ja schließlich auch unbemerkt rauskommen.«) und band ein Stück Schnur daran. Über seinen Kommunikator – eine Art klobiges Handy, das auch in großen Tiefen funktionierte – teilte er dem Geheimbund ihren Plan mit und bat Hildegard um ein Treffen.

Die Antwort ließ nicht lange auf sich warten. *OK. Wir machen uns mit Trixi auf den Weg und sammeln euch auf, sobald ihr draußen seid.*

»Auf den Geheimbund ist eben Verlass«, sagte Olf zufrieden.

Als sie schließlich das Erdgeschoss Richtung Pool durchquerten, wurde Fritz ein bisschen mulmig zumute.

»Und du bist sicher, dass wir uns danach wieder zurückverwandeln?«, fragte er.

»Klaro. Nach einer Stunde ist der Spuk normalerweise vorbei. Wenn du mehr als einen Tropfen erwischst, dauert es vielleicht ein bisschen länger. Du darfst nur nicht *viel* mehr einnehmen als die empfohlene Dosis. Ein Kumpel von mir hat es mal total übertrieben, weil er als Tintenfisch auf eine Party gehen wollte. Hinterher waren seine Arme und Beine voller Saugnäpfe, die er sich im Krankenhaus entfernen lassen musste. Und … nun ja, wenn er aufs Klo ging, kam noch Wochen später Tinte raus.«

Fritz schluckte. Das klang nicht besonders angenehm.

»Jetzt macht euch mal nicht ins Hemd«, meinte Olf, der die besorgten Gesichter der Zwillinge bemerkt hatte. »Ihr habt schließlich mich als Experten dabei.«

Fritz dachte daran, wie gerne Olf mit Substanzen wie Seeigel-Gift herumexperimentierte, und fand das alles andere als beruhigend. Aber es ging schließlich darum, Mari zu helfen.

Mit klopfendem Herzen stieg er hinter Olf und Lena in den Pool. Sie hielten sich am Rand fest und Olf zog das Fläschchen mit dem Transformationsserum aus seiner Hosentasche. »Okay, schaut einfach zu und macht es mir dann nach. Ihr müsst wirklich keine Angst haben.« Er schraubte den Deckel ab und träufelte sich einen Tropfen der goldgelben Flüssigkeit auf die Zunge, bevor er das Fläschchen an Lena weiterreichte.

Zunächst geschah nichts, doch plötzlich begann Olf,

sich zu verändern. Seine Haut nahm einen gelblichen Ton an und es erschienen braune Sprenkel darauf. Sein Mund wuchs zu einer langen spitzen Schnauze, der Rücken krümmte sich, und sein ganzer Körper schrumpfte zusammen wie ein Luftballon, aus dem die Luft herausgelassen wird.

Mit einer Mischung aus Faszination und Entsetzen starrte Fritz auf das winzige Seepferdchen, das nun vor ihnen in dem türkisfarbenen Pool schwamm. Mit seinem Schwanz hielt es die kleine Phiole für Mari umklammert.

»Na los, worauf wartet ihr?«, piepste das Tier in einer Tonlage, die so gar nichts mehr mit Olfs tiefer, brummiger Stimme zu tun hatte.

Fritz und Lena wechselten einen kurzen Blick. »Was soll's, wir tun es für Mari!«, sagte Lena schließlich und nahm ebenfalls einen Tropfen der Flüssigkeit ein. Nachdem sie Fritz das Fläschchen in die Hand gedrückt hatte, begann auch sie, sich zu verändern, und nur Sekunden später planschten zwei Seepferdchen vor ihm im Wasser. Lenas Seepferdchen war orange und hatte eine rote Rückenflosse.

»Komm schon, es ist echt lustig«, fiepte es.

Fritz gab sich einen Ruck und ließ einen Tropfen des Serums auf seine Zunge fallen. Es schmeckte leicht salzig, aber auch ein bisschen nach Vanille, und Fritz musste an Omas Weihnachtsplätzchen denken.

Kurz darauf fühlte er sich plötzlich ganz leicht und spürte ein merkwürdiges Ziehen im ganzen Körper, als zögen sich seine Gliedmaßen zusammen. Seine Arme schienen mit seinem Bauch zu verwachsen und seine Beine formten sich zu einem schneckenförmig gerollten Seepferdchen-Schwanz. Fritz blickte an sich herunter, um nachzusehen, welche Farbe sein Körper hatte. »Im Ernst? *Pink??*«

»Und du glitzerst!« Lena kicherte und deutete mit ihrem Schwanz auf Fritz' Rückenflosse, die er selbst allerdings nicht sehen konnte.

»Oh Mann!« Er war ganz froh, gerade keinen Spiegel zur Hand zu haben.

Nachdem sie ihren Plan noch einmal kurz durchgesprochen hatten, ging es auch schon los nach Almaris. Fritz hoffte inständig, dass sie auch wirklich an alles gedacht hatten.

Dieses Mal nutzten sie nicht den Aqua-Transportator, um nach Almaris zu gelangen. Die Wahrscheinlichkeit, dass Knut sie erkannte, war zwar gering, aber sie wollten lieber kein unnötiges Risiko eingehen. Stattdessen zeigte Olf ihnen eine große Muschel, die auf dem Meeresboden schlummerte. Sie hatte ungefähr die Größe eines Medizinballs, was Fritz in seiner Seepferdchengestalt natürlich gigantisch vorkam, und war über und über mit Moos und Algen bewachsen.

»Was ist das?«, wollte Lena wissen.

»Ein Briefkasten«, erklärte Olf. »Unter der Muschel liegt ein weitverzweigtes Röhrensystem, das Post an zahlreiche Orte im Meer transportieren kann. Es wurde in Almaris erfunden und viele andere Städte haben es von uns übernommen. Damit können wir uns quasi selbst verschicken und kommen direkt im Palast an. Geht zwar nicht so fix wie Wasserschall, aber immer noch verdammt schnell.« Mit seiner Schnauze klopfte er rhythmisch gegen die Schale der Muschel, was eine Art Morsecode zu sein schien.

»Wer stört mich bei meinem Nickerchen?«, fragte die Muschel gedehnt und gähnte dabei herzhaft.

»Wir werden in Almaris erwartet. König Wunibald hat uns als neue Seepferdchen für seinen Palastgarten bestellt.« Olf nannte ihr die Adresse und die Muschel seufzte tief. Offenbar gefiel es ihr nicht, dass Arbeit auf sie zukam.

Die beiden Muschelhälften klappten langsam auseinander und gaben den Blick auf ihr Inneres frei. Es war schwarz mit leuchtend blauen Punkten und erinnerte Fritz an eins dieser 3D-Bilder, bei denen einem immer ganz komisch wurde, wenn man sie länger anschaute.

»Äh … nur damit ich das richtig verstehe: Wir sollen da reinschwimmen?«, fragte er.

»Du hast es erfasst.« Olf schwamm voran und die Zwillinge folgten nach kurzem Zögern. Es behagte Fritz zwar nicht gerade, in den Schlund einer riesigen Muschel zu schwimmen, aber wenn sie auf diesem Weg zu Mari gelangen würden, war ihm fast jedes Mittel recht.

Knackend schlossen sich die beiden Muschelhälften über ihnen und die drei Seepferdchen wurden eng aneinandergedrückt. Zu Fritz' Überraschung war das Innere der Muschel ganz weich und fühlte sich an wie Samt. Die blauen Punkte gaben ein schwaches Licht ab, sodass sie zumindest nicht ganz im Dunkeln saßen.

»Gut, dass ich keine Platzangst habe«, murmelte Lena neben ihm.

»Kann's losgehen?«, fragte die Muschel, und ihre Stimme klang merkwürdig gedämpft.

»Ja«, riefen die drei Seepferdchen im Chor.

»Okay, dann gute Reise!«

Mit diesen Worten wurden sie von einem starken Strudel nach unten gesaugt und fanden sich in einer dunklen Röhre wieder, die wie das Innere der Muschel von blauen Lichtern erhellt wurde. In halsbrecherischem Tempo ging es abwärts, bis sie eine Biegung machten und an eine Stelle gelangten, an der mehrere der Röhren aufeinandertrafen. Von hier aus ging es für sie weiter nach links, auch wenn Fritz sich nicht erklären konnte, woher die Röhre wusste, welchen Weg sie nehmen mussten. Ein Stückchen vor ihnen entdeckte Fritz ein Paket, das aussah, als wäre es in eine bunte Wachstuchtischdecke eingewickelt worden. An der nächsten Kreuzung sauste das Paket geradeaus weiter, während Fritz, Lena und Olf rechts abbogen.

So ging es noch einige Male, bis eine Art Wegweiser in Sicht kam, auf dem *Almaris* stand. Hier hatte das Röhrensystem noch mehr Verästelungen, und Fritz fragte sich, wohin diese wohl alle führten.

»Jeder Haushalt hat seine eigene Briefmuschel«, erklärte Olf. »Schaut mal, da drüben ist eine Lieferung für Runa.«

Fritz und Lena beobachteten, wie ein rechteckiges Etwas, das verdächtige Ähnlichkeit mit einer Pralinenschachtel hatte, in einer der Röhren nach oben gedrückt wurde.

Sie selbst nahmen noch einige weitere Abzweigungen, bis es endlich nach oben ging und sie auf weichen Kissen landeten. Nur dass es sich nicht wirklich um Kissen handelte, sondern um eine weitere Muschel. Diese war innen rot mit violetten Streifen und etwas geräumiger als die, in der ihre Reise begonnen hatte. Zusammen mit den Seepferdchen waren auch mehrere größere Schachteln in der Muschel gelandet.

»100 % Premium-Algen für den anspruchsvollen Gaumen. Mit leichtem Röstaroma«, las Fritz vor.

»Ah, das ist perfekt«, meinte Olf. »Los, da rein.«

Das Algen-Paket war an einer Seite offen und so schlüpften die drei schnell hinein. Es roch etwas muffig und unverkennbar nach Fisch.

»Post ist daaaa«, verkündete die Muschel gelangweilt. Sie schien eine ähnliche Arbeitsmoral zu besitzen wie ihre Artgenossin. Wenig später spürten sie, wie die Schachtel hochgehoben wurde, und eine jugendliche Stimme sagte: »Die Algen, die Frieda bestellt hat, sind gekommen. Ich bringe sie ihr gleich in die Küche, okay?«

»Klar, tu dir keinen Zwang an, Lennart!«, antwortete eine tiefe Stimme.

»Lennart ist der Palast-Praktikant«, flüsterte Olf Fritz und Lena zu. »Er ist ein bisschen übermotiviert, aber ansonsten ganz nett.«

Das Paket wippte auf und ab, während Lennart offenbar in die Küche schwamm und dabei ein fröhliches Liedchen pfiff. »Auf mein Kommando schwimmen wir raus«, sagte Olf, der durch den kleinen Spalt das Geschehen im Blick behielt.

Wenig später hörten sie das Klappern von Töpfen und Geschirr. Sie mussten sich in der Küche befinden. Fritz merkte plötzlich, dass er Hunger hatte. Er hatte schon seit einer Weile nichts mehr gegessen.

»Hallo, Frieda, deine Premium-Algen sind da«, verkündete Lennart.

Zunächst kam keine Antwort. Erst ein paar Sekunden später sagte eine weibliche Stimme: »Ah danke. Stell sie doch … dorthin bitte.« Sie klang irgendwie zerstreut.

Mit einem leisen Seufzer stellte der Praktikant die Schachtel ab und verschwand.

»Jetzt!«, zischte Olf. Sie zwängten sich aus ihrem Versteck und schwammen hinter eine riesige Wassermelone. Es war die längliche schwarz-weiß gestreifte Sorte, die nach Pizza schmeckte. Fritz lief das Wasser im Mund zusammen, aber leider war jetzt keine Zeit für einen Imbiss.

Von ihrem Versteck aus konnten sie sehen, warum die Oktopusfrau abgelenkt war. Mit vier ihrer acht Fangarme tippte sie etwas in ein Gerät, das aussah wie ein übergroßes, rundes Handy.

Das Telefon gab einen Glockenton von sich, als eine Antwort einging. Frieda kicherte und lief dabei rot an. »Also wirklich, dieser Knut …«, murmelte sie. »So ein Schlawiner!«

Dabei bemerkte sie offenbar nicht, dass einer der Töpfe auf dem Herd gerade am Überkochen war. Eine Flüssigkeit, so schwarz wie Tinte, quoll heraus und verteilte sich im Raum.

Olf verdrehte die Augen. »Die ist beschäftigt. Lasst uns keine Zeit verlieren.«

Sie wollten bereits die Küche verlassen, als Fritz ein Tablett mit einer Servierglocke entdeckte, auf der groß und deutlich *Marimiranda* zu lesen war. Natürlich! Mari mochte zwar eingesperrt sein, aber sie musste ja ab und zu etwas zu essen bekommen.

Ohne zu zögern, schwamm Fritz auf die Haube zu.

»Ah, gute Idee«, lobte Olf und folgte ihm.

Frieda hatte inzwischen ihren Fehler bemerkt und versuchte mit zwei Armen, den Schlamassel in den Griff zu bekommen, während sie mit den anderen Tentakeln die Servierglocke anhob und eine Schüssel Salat sowie einen Teller mit Seezwiebeln und Korallenkartoffeln darunterschob.

Als sie noch ein paar kleine, würfelförmige Wassermelonenstücke dazulegte, nutzten die drei die Gelegenheit und schlüpften ebenfalls unter die Glocke.

»Uff. Das wäre geschafft«, sagte Olf. »Ich merke gerade, dass mein letzter Einsatz als Geheimagent doch schon ein Weilchen zurückliegt. Bin nicht mehr ganz so fit wie damals.«

»Und jetzt?«, wollte Lena wissen.

»Na, jetzt hoffen wir, dass Mari Hunger bekommt, bevor wir uns zurückverwandeln.«

Kein
stilles
Örtchen

Zum Glück dauerte es nicht lange, bis die Servierglocke abgeholt wurde. Wer auch immer sie trug, war offenbar bedeutend weniger gesprächig als Lennart. Fritz, Lena und Olf wippten unter der Glocke auf und ab, und Fritz musste sich beherrschen, um nicht ein Stück Wassermelone abzubeißen.

Kurz darauf hörten sie ein kräftiges Klopfen, dann wurde ein Schlüssel im Schloss umgedreht.

Zu seiner großen Freude hörte Fritz Maris Stimme: »Ach, du bist es, Tjark! Wie schön, endlich was zu essen. Ich hoffe, es gibt nicht schon wieder Seegurkensalat. Wie wär's mit einem Pläuschchen? Nein? Hab ich mir gedacht. Trotzdem schade.«

Das Tablett wurde abgestellt, die Tür wieder geschlossen, und erneut hörten sie, wie der Schlüssel umgedreht wurde – diesmal wohl in die andere Richtung. Sie waren drin!

Schon hob jemand den Deckel der Servierglocke ab und sie blickten direkt in Maris Gesicht. Sie kam Fritz vor wie eine Riesin.

»Wusste ich's doch, Seegurkensalat. Pfui Teufel!« Mari rümpfte die Nase.

»Du kannst ihn gerne mir geben«, bot Günther großzügig an.

»Ich hoffe, Frieda hat die Korallenkartoffeln nicht schon wieder versalzen. In letzter Zeit ist sie – *was zur Hölle*?« Jetzt hatte Mari die drei Seepferdchen entdeckt und starrte sie ungläubig an.

»Seegurkensalat mit Fischbeilage?« Günther linste neugierig über ihre Schulter.

»Mari, wir sind's!«, rief Fritz.

Über Maris Gesicht zog sich ein breites Grinsen. »Ich wusste doch, dass ich mich auf euch verlassen kann! Auch wenn ich nicht unbedingt damit gerechnet hätte, dass ihr euch für Seepferdchen entscheidet.« Sie kicherte. »Schicke Farbe, Fritz!« Dann wurde sie wieder ernst. »Habt ihr das Serum dabei?«

Olf schwamm auf Maris Hand und ließ die kleine Phiole darauf fallen. Zum Glück war sie unversehrt.

Während Mari das Fläschchen entkorkte, blickte Fritz sich in ihrem Zimmer um. Wunibald hatte offenbar alles dafür getan, damit seine Tochter sich nicht langweilte. Auf dem Boden stapelten sich Bücher und Zeitschriften sowie einige Karten- und Brettspiele, von denen eins aufgebaut war.

»Ich hab gerade versucht, mit Günther *Meermensch ärgere dich nicht* zu spielen, aber er schummelt immer«, erklärte Mari.

»Stimmt gar nicht«, behauptete Günther. »Außerdem ist der Titel diskriminierend! Warum heißt es *Meermensch* und nicht *Seeigel*, hm?«

Mari seufzte. »Es wird echt Zeit, dass wir hier rauskommen. Noch einen Tag mit ihm als einzigen Gesprächspartner hätte ich nicht ausgehalten.«

Bevor Günther etwas erwidern konnte, hob sie die Phiole an und träufelte sich die Flüssigkeit in den Mund. Sekunden später konnten die anderen beobachten, wie sie sich in ein schillerndes türkisfarbenes Seepferdchen verwandelte.

»Pah, Seeigel sind wesentlich cooler und praktischer«, grummelte Günther.

»Wie kommen wir jetzt hier raus?«, fragte Lena, die gerade die Fenster in Augenschein nahm. »Die sind ja auch von außen verriegelt.«

»Klar, Paps hat an alles gedacht«, sagte Mari bitter.

»Also, ich hätte da eine Idee«, meinte Olf und zeigte in Richtung Badezimmer.

»Oh nein!«, rief Mari entsetzt. »Es muss doch eine andere Möglichkeit geben.«

»Fällt dir was Besseres ein?«, erwiderte Olf.

»Nein«, gab Mari zu, und jetzt verstand auch Fritz endlich, worüber sie redeten. Olf wollte, dass sie durch die Toilette schwammen.

»Aber ist das nicht … ziemlich eklig?«, fragte Lena.

»Ach was, ich hab schon wesentlich Schlimmeres erlebt, damals als Geheimagent.«

Ihnen blieb wohl nichts anderes übrig. Argwöhnisch beäugte Fritz die blaue Keramikschüssel. Sie sah aus wie ein ganz normales Klo, allerdings wusste er nicht genau, wie das Abwassersystem in Almaris funktionierte. Würden sie in der Kanalisation landen?

Günther setzte sich auf den Spülkasten, während die vier Seepferdchen auf der Klobrille Platz nahmen. »Okay, ich zähle bis drei«, sagte Olf. »Eins, zwei … drei!«

Bei drei drückte der Seeigel auf den Spülknopf und die anderen hüpften in die Toilettenschüssel. Günther sprang hinterher.

Zum zweiten Mal an diesem Tag wurden sie von einem gewaltigen Strudel erfasst und nach unten gedrückt. Diesmal konnten sie allerdings nicht sehen, wohin es ging.

»Aaaaaaah!«, schrie Günther neben ihm, und Fritz hatte große Mühe, sich zu orientieren. Er wusste nicht mal mehr, wo oben und unten war. Schließlich landeten sie in einer etwas größeren Röhre und wurden langsamer. Das Wasser, in dem sie sich befanden, sah trüb aus, und Fritz war froh, dass Seepferdchen keinen guten Geruchssinn hatten. Neben ihnen schwammen Algenstücke und andere Dinge, die er sich lieber nicht so genau anschauen wollte.

»Da vorne ist ein Ausgang«, rief Olf und zeigte auf eine Klappe. »Wir dürfen ihn nur nicht verpassen.«

Je mehr sie sich der Öffnung näherten, desto angespannter wurde Fritz. Was, wenn er nicht gegen die Strömung ankam? Er hatte keine Lust, dort zu landen, wo auch das ganze Abwasser hintransportiert wurde.

Olf zählte wieder bis drei, dann machten die fünf einen gewaltigen Satz und stießen mit vereinten Kräften die Klappe auf.

Plötzlich fing Günther panisch an zu schreien: »Ich werde eingesaugt! Hilfeeeeee!« Der Seeigel hatte den Halt verloren und war von der Strömung erfasst worden. Schnell bildeten die vier anderen eine Kette, und Mari gelang es gerade noch, ihren Seepferdchen-Schwanz um eine von Günthers Stacheln zu wickeln. Mit vereinten Kräften zogen sie ihn wieder hoch.

»Puh, das ist ja gerade noch mal gut gegangen«, japste Mari, als die Klappe hinter ihnen zuging.

Fritz blickte sich um und stellte fest, dass sie irgendwo vor den Toren von Almaris gelandet sein mussten. In weiter Entfernung konnte er die Umrisse der kuppelförmigen Häuser sehen. In der anderen Richtung befand sich eine hohe Mauer, auf der ein Schild mit der Aufschrift *Kein Zutritt für Unbefugte! Lebensgefahr!* prangte.

»Was ist das?«, wollte Lena wissen.

Mari zuckte mit den Schultern. »Na, die Kläranlage!«

Günther erholte sich relativ schnell von dem Schreck und fing an zu maulen, dass er Hunger hatte. »Wir hätten doch zuerst was essen sollen!«

Zum Glück musste er nicht allzu lange darüber nachdenken, denn vor ihnen im Wasser erschien in diesem Moment ein riesiger Nautilus.

»Trixi!«, jubelten die Kinder im Chor.

»Willkommen zurück!«, begrüßte sie Trixis leicht blecherne Stimme. Der Nautilus besaß eine künstliche Intelligenz, die äußerst hilfreich für die Missionen des Geheimbundes war. Wie schon bei ihrer ersten Begegnung mit seinen Mitgliedern war Fritz auch dieses Mal wieder beeindruckt, wie gut alles organisiert war. Das Tauchboot war keine Sekunde zu früh erschienen, denn schon begannen Olf, Fritz und Lena, sich zurückzuverwandeln. Bei Mari dauerte es ein wenig länger, aber alle waren froh, als sie ihre normale Gestalt wiederhatten. Hildegard, die die Freunde empfing, war nicht sonderlich begeistert davon, dass Olf und die Kinder das Transformationsserum benutzt hatten. »Solche Verwandlungen sollten eigentlich nur von erfahrenen Zauberinnen und Zauberern durchgeführt werden. Aber heutzutage wird das Zeug ja schon in Diskotheken verkauft, ts, ts, ts …«

»Es kann sich eben nicht jeder einfach so mir nichts, dir nichts in eine Schildkröte verwandeln«, gab Olf zurück. »Wir Normalos wollen ab und zu auch ein bisschen Spaß haben.«

»Wie wär's mit einer kleinen Stärkung für euch Ausbrecher?« Margot, die Chefin des Geheimbundes, reichte ihnen einen großen Teller mit Sandwiches. Fritz nahm sich eins und biss hungrig hinein. Es schmeckte einfach köstlich. Schon beim Kauen schielte er auf den Teller und überlegte, ob es unhöflich war, wenn er gleich noch ein zweites aß.

»Nur zu, es ist genug für euch alle da.« Margot lachte kehlig. »Eine der Nebenwirkungen des Transformationsserums ist, dass es unglaublich hungrig macht. Glaubt mir, ich spreche aus eigener Erfahrung.« Wie immer umwehte sie ein starker Geruch nach Zigarren, auch wenn Rauchen im Innenraum von Trixi strengstens verboten war.

Während der Berg aus Sandwiches merklich kleiner wurde – Olf schob sich gleich drei auf einmal in den

Mund, worüber Günther sich bitter beschwerte –, brachten sie einander gegenseitig auf den aktuellen Stand.

»Wir haben so etwas schon befürchtet«, sagte Margot betrübt. »Ingrid, Ian und Océane sind im Hauptquartier geblieben, weil sie die Situation von dort aus besser beobachten können. Wir hatten eigentlich gehofft, dass wir Gargor mit unserer letzten Aktion für eine Weile aufhalten konnten, aber es sieht so aus, als hätten wir ihn unterschätzt.«

»Wie meinst du das?«, erkundigte sich Mari.

In Margots Blick lag Besorgnis. »Wenn Gargor einen Weg gefunden hat, von der Unterwelt aus Menschen nach Atlantis zu locken, muss er mittlerweile mächtiger als je zuvor sein! Und sollte er es schaffen, durch das Tor in Atlantis zu dringen, dann kann ihn nichts und niemand mehr aufhalten.«

Fritz verstand noch immer nicht. »Was für ein Tor in Atlantis? Und wieso braucht er Hümmerlein und die anderen dazu?«

Margot seufzte. »Ich glaube, es ist am besten, wenn Hildegard euch das erklärt.«

Enthüllungen

Die alte Zauberin, deren Augen hinter dicken Brillengläsern lagen, kam mit ihrem Gehstock angehumpelt. Fritz war immer wieder aufs Neue erstaunt über die große Ähnlichkeit mit der Schildkröte, in die sie sich verwandeln konnte.

»Tja, wo fange ich am besten an …« Hildegard überlegte einen Moment, bevor sie sich an Mari wandte. »Was hat dein Vater dir über Atlantis erzählt?«

»Äh … nicht viel. Das Übliche halt. Dass Almaris von einem Atlanter gegründet wurde. Und dass die Bevölkerung nicht viel von moderner Technologie hält, wie wir sie in Almaris verwenden.«

Hildegard nickte langsam. »Ich habe mir so etwas gedacht. Du weißt also nicht, wie deine Eltern sich kennengelernt haben?«

Maris Augen wurden groß. »Beim jährlichen Korallenfestival, oder stimmt das etwa nicht?«

»Doch schon«, sagte Hildegard. »Aber das ist nur die halbe Wahrheit. Ich muss wohl etwas weiter ausholen.« Schwerfällig ließ sie sich auf einen der Sitze fallen und legte den Gehstock neben sich.

»Das Korallenfestival ist eine Tradition, die die Almarer übernommen haben – und zwar aus Atlantis, der Stadt, aus der Wunibalds Urururururgroßvater stammte. Er war derjenige, der seine Heimat verließ und Almaris gründete. Trotzdem blieb das Verhältnis zwischen den beiden Städten freundschaftlich und viele Menschen reisten hin und her. Vor allem der König war häufig dort, um die diplomatischen Beziehungen zu pflegen, und als Orakel durfte ich ihn begleiten. Zuerst Wunibalds Großvater, dann seinen Vater und dann ihn selbst.

Bis zu jenem schicksalhaften Tag vor etwa fünfzehn Jahren, als sich Wunibald und Penelope beim Korallenfestival trafen. Allerdings nicht in Almaris, sondern in *Atlantis*.«

»Meine Eltern haben sich in Atlantis kennengelernt?«, fragte Mari ungläubig. »Aber warum hat das keiner der beiden mir gegenüber je erwähnt?«

»Vermutlich weil der Gedanke an Atlantis keine guten Erinnerungen weckt«, sagte Hildegard nachdenklich. »Aber warum fragen wir Penelope nicht einfach selbst?«

Mari schnaubte empört. »Wie bitte? Soll das ein Witz sein?«

Hildegard schüttelte den Kopf und deutete auf Maris Anhänger. »Ich sehe, du trägst ihre Muschelkette. Wie du vielleicht schon bemerkt hast, besitzt diese Muschel Zauberkräfte.«

Mari nahm den Anhänger in die Hand. »Na ja, ich konnte durch sie mit Fritz und Lena sprechen. Aber der Empfang war nicht sehr gut, ich vermute, sie ist kaputt.«

Hildegard lächelte wissend. »Nein, glaub mir, das ist sie nicht. Du hast nur bislang noch nicht alle Geheimnisse dieser besonderen Kette ergründet. Deine Mutter hat sie dir aus einem ganz bestimmten Grund gegeben: Weil sie wusste, dass du irgendwann anfangen würdest, Fragen zu stellen.«

Mari sah die alte Frau ungläubig an. »Und was kann diese Muschel deiner Meinung nach?«

»Streiche über den Rubin und frage die Muschel etwas über deine Mutter. Sprich dabei so mit ihr, als würdest du mit Penelope reden.«

Mari wirkte immer noch skeptisch, aber sie rieb mit einem Finger sanft über den Edelstein und sagte: »Mama, warum hast du mir diese Kette hinterlassen?«

Der kleine Rubin begann zu pulsieren und plötzlich erklang Penelopes Stimme. Sie kam eindeutig aus der Muschel.

»Ich wollte verhindern, dass es dir so geht wie mir damals«, erklärte die Stimme. »Ich wusste lange nichts über meine eigene Herkunft und war viele Jahre auf der Suche, bis ich endlich einen Hinweis fand.«

Verblüfft blickte Mari die anderen an. »Es funktioniert tatsächlich! Ist das so eine Art Aufnahme?«

»Ich habe diese Erinnerungen für dich aufgezeichnet, für den Fall, dass ich deine Fragen nicht persönlich beantworten kann«, antwortete die Muschel. »Wie du weißt, war ich eine Zeit lang Mitglied bei den Sturmpiraten, aber es hat mir einfach keine Ruhe gelassen, dass ich nicht wusste, wer meine Eltern sind. Deshalb habe ich mir eine Auszeit genommen und mein Weg führte mich nach Atlantis.«

»Abgefahren«, flüsterte Fritz fasziniert.

»Und was hast du dort herausgefunden?«, fragte Mari weiter.

»In Atlantis verbrachte ich viel Zeit in der Bibliothek. Dort traf ich einen Mann, dessen Name dir inzwischen wahrscheinlich schon einmal begegnet ist: Gargor.«

Die Kinder sahen einander erschrocken an.

»Was, ihr kanntet euch? Und du hast es mir nie erzählt?«, wollte Mari wissen und hielt die Muschel dabei fest umklammert.

»Ich weiß, was du jetzt denken musst«, antwortete Penelopes Stimme. »Du bist enttäuscht, weil ich dir nicht die ganze Wahrheit gesagt habe. Aber ich wollte dich beschützen. Weißt du, Gargor war nicht immer böse. Oder zumindest nicht nur. Er arbeitete damals sogar als Berater für die Königin. Ich muss zugeben, dass er ein paar Eigenschaften hatte, die ich seltsam oder sogar beängstigend fand, aber er war auch sehr hilfsbereit. Ohne ihn hätte ich wahrscheinlich nie herausgefunden, dass meine leibliche Mutter eine Nymphe war.«

»Eine Nymphe?«, wiederholte Mari fassungslos.

»Ja. Ein Naturgeist, der Schiffbrüchige beschützt und im Einklang mit dem Wasser lebt. Vermutlich habe ich daher auch die Fähigkeit, Wasser zu beeinflussen, die du von mir geerbt hast.«

»Wow«, sagte Lena mit großen Augen.

»Frag sie, wie es mit Gargor weiterging«, bat Fritz, der es vor Anspannung kaum aushielt.

Mari wiederholte die Frage, und die Muschel antwortete: »Tja, das ist leider eine sehr unschöne Geschichte. Ich habe es lange nicht bemerkt oder die Augen davor verschlossen, aber offenbar entwickelte Gargor während dieser Zeit Gefühle für mich, die über Freundschaft hinausgingen. Ich sah in ihm nur einen Freund und habe ihn abgewiesen und er war darüber sehr wütend. Schon vorher hatte er sich viel mit schwarzer Magie und Geisterkunde beschäftigt, aber von diesem Zeitpunkt an tauchte er immer tiefer in diese Materie ein. Ich habe dann den

Kontakt abgebrochen, weil ich anfing, mich vor ihm zu fürchten.«

»Und wie kam es dazu, dass man Gargor aus Atlantis verbannt hat?«, wollte Mari wissen.

Die Muschel seufzte. »Es begann am Tag des Korallenfestivals, eigentlich einer der schönsten Tage in meinem Leben. Denn an diesem Tag traf ich auf meine große Liebe, Wunibald. Es war Liebe auf den ersten Blick. Was ist nicht wusste, war, dass auch er und Gargor bis zu diesem Zeitpunkt gut befreundet gewesen waren. Sie haben sich oft getroffen, wenn Wunibald in Atlantis war. Leider bekam Gargor schon recht bald Wind von unserer Beziehung und war so erbost, dass er uns heftige Vorwürfe machte. Er schrie mich an, ich hätte ihn hintergangen und ausgenutzt. Er behauptete, Wunibald hätte mir heimlich einen Liebestrank eingeflößt, was natürlich nicht stimmte. Die Freundschaft zwischen ihm und deinem Vater zerbrach. Gargor ging sogar so weit, uns hinterherzuspionieren, und versuchte mithilfe von böser Magie, uns gegeneinander auszuspielen. Weil all dies nichts half, plante er einen Anschlag auf Wunibalds Leben. Zum Glück hatte Hildegard in der Nacht vorher eine Vision und hat uns rechtzeitig gewarnt.«

»Oh Mann.« Mari schüttelte den Kopf. »Deswegen wollte Papa darüber nicht reden. Sein ehemaliger Freund wollte ihn umbringen!«

Die Kinder blickten zu Hildegard, die zur Bestätigung nickte.

»Und dann?«, fragte Mari die Muschel.

»Gargor war angesichts seiner Niederlage derart von Sinnen, dass er anfing, aus purem Sadismus böse Taten zu verüben und anderen Leid zuzufügen. Er konnte schon immer gut Menschen manipulieren – er hat mir mal voller Stolz erzählt, wie er als Schüler seine Lehrer hypnotisiert hat, ohne dass sie es merkten. Auf diese Weise muss es ihm gelungen sein, einige Atlanter auf seine Seite zu ziehen. Gemeinsam beschworen sie die Schatten der Unterwelt, und Gargor versuchte, sich mit ihrer Hilfe zum Herrscher über Atlantis aufzuschwingen. Sein Plan konnte zwar vereitelt werden, aber er tötete mehrere unschuldige Meermenschen, und das Ganze ging als schwarzer Tag in die Geschichte von Atlantis ein.« Penelope machte eine Pause, bevor sie weitersprach: »Gargor wurde anschließend wegen seiner Vergehen vor Gericht gestellt und dazu verdammt, in der Unterwelt zu leben, ohne die Aussicht, jemals wieder zurückzukehren. Normalerweise dauert es nicht lange, bis man dort unten selbst nur noch ein Schatten ist, aber offenbar hält ihn sein Hass am Leben.«

»Das klingt echt schrecklich! Und nun versucht er zurückzukommen?«, fragte Lena.

Hildegard nickte. »Wir denken, dass er sich rächen

will, und mittlerweile geht es ihm wahrscheinlich um mehr als um den Thron von Atlantis. Dass so kurz vor Beginn eines neuen Jahres exakt dreizehn Menschen verschwunden sind, gefällt mir gar nicht.«

»Du meinst Hümmerlein und die anderen, nicht wahr? Was könnte Gargor mit ihnen vorhaben?«, wollte Fritz wissen.

Hildegard holte tief Luft. »Es gibt eine alte Legende, die man sich unter uns Zauberern schon seit Jahrtausenden erzählt. Angeblich ist ein bestimmtes Ritual in der Lage, das Weltentor zu öffnen, wenn man es am letzten Tag eines Jahres durchführt. Doch dafür benötigt man Verbündete aus der Welt der Lebenden – und aus der Zwischenwelt.«

»Zwischenwelt?« Lena zog die Augenbrauen hoch.

»Jene, die bereits tot sind, aber noch nicht in die Welt der Schatten gegangen sind. Die Geister.«

Bei Hildegards Worten lief Fritz ein kalter Schauer über den Rücken. Wo waren sie da nur hineingeraten? Atlantis, Gargor, Hümmerlein, Geister … das klang doch wirklich zu verrückt, um wahr zu sein!

Margot, die die ganze Zeit über aufmerksam zugehört hatte, ergriff wieder das Wort. »Der Geheimbund hat bereits einen Plan entwickelt, um Gargors Vorhaben zu verhindern. Wir werden uns auf den Weg nach Atlantis machen, um mit der Königin zu sprechen. Wenn sie erfährt, was passiert ist, wird sie uns bestimmt im Kampf gegen Gargor unterstützen. Bleibt nur die Frage: Werdet ihr uns begleiten?«

»Natürlich! Wir müssen Gargor aufhalten!«, sagte Lena entschlossen.

»Ja, aber wenn sich das Tor öffnet, haben wir vielleicht eine Chance, meine Mutter zu retten«, warf Mari ein. »Können wir das nicht versuchen?

»Auf keinen Fall, das ist zu gefährlich«, widersprach Hildegard. »Habt ihr schon vergessen, wie knapp die Geschichte mit den Lumis damals ausgegangen ist? Wir können nicht riskieren, dass noch mehr passiert. Für Penelope müssen wir eine andere Lösung finden.«

»Aber wir schaffen es ja noch nicht einmal, sie zu kontaktieren!«, rief Mari aufgebracht. »Wir haben doch schon alles probiert: Die Stimme auf der Muschelkette ist nur eine Aufzeichnung, und per Telepathie können wir sie auch nicht erreichen!«

Hildegard sah sie betrübt an. »Gargor scheint sein Reich sehr gut abgeschirmt zu haben.«

»Seht ihr?«, sagte Mari. »Es gibt keine andere Möglichkeit, als das Tor zu öffnen und hineinzugehen.«

Olf schüttelte den Kopf. »Das kann ich nicht zulassen. Dein Vater hat mich schließlich engagiert, um dich zu beschützen.«

Mari wurde wütend. »Sonst nimmst du es damit ja

auch nicht so genau!«, rief sie. »Was soll das, wollt ihr, dass Gargor ihr etwas antut?«

Margot trat zwischen die Streitenden. »Beruhigt euch bitte! Wie ihr wisst, ist es die Aufgabe des Geheimbundes, das Gleichgewicht der Welten zu erhalten. Und im Moment bedeutet das, wir müssen alles in unserer Macht Stehende tun, um zu verhindern, dass das Tor erneut geöffnet wird.«

Mari erwiderte nichts mehr, und Fritz konnte sehen, dass sie große Mühe hatte, sich zu beherrschen.

Für die anderen war die Diskussion damit beendet, doch das Funkeln in den Augen seiner Freundin verriet ihm, dass sie nicht so leicht aufgeben würde.

Reise
nach
Atlantis

Überhaupt in die Nähe des Tors zu gelangen, war allerdings keine leichte Aufgabe, denn dazu musste man Atlantis erst einmal finden. »Wenn ihr euch mit der Materie beschäftigt, werdet ihr feststellen, dass es unzählige Theorien zur Lokalisierung von Atlantis gibt«, erklärte Hildegard ihnen. »Einige Forscher behaupten, es läge in der Meerenge von Gibraltar, andere wiederum halten es für wahrscheinlich, dass es sich in der Nähe der Spitzberge befindet. Wieder andere verorten es in der Ägäis … und so weiter und so fort. Die Wahrheit ist, dass diese Theorien allesamt falsch – und gleichzeitig alle richtig sind.«

»Aber wie kann das sein?«, fragte Lena neugierig.

»Atlantis liegt nicht an einem einzigen Ort, sondern an vielen«, sagte Hildegard. »Ein besonderer Zauber sorgt dafür, dass die ganze Stadt den Ort wechseln kann. Sie taucht alle paar Stunden woanders auf und ist zudem sehr gut getarnt. Deshalb gelingt es den Forschern auch nicht, sie zu finden. Es gab einmal den Fall, dass ein französischer Wissenschaftler beim Tauchen zufällig auf Atlantis stieß. Als er mit seinem ganzen Forschungsteam, mehreren U-Booten und Kameras anrückte, um den spektakulären Fund der ganzen Welt präsentieren zu können, war die Stadt jedoch wie vom Erdboden verschluckt. Der arme Mann zweifelte an seinem Verstand und wechselte das Forschungsgebiet.«

»So hätte ich wahrscheinlich auch reagiert«, meinte Fritz. Er interessierte sich schon lange für das Meer und seine Bewohner, und von seinem Onkel wusste er, wie wichtig die Forschungsarbeit für einen Wissenschaftler war. Was Hildegard da erzählte, klang unglaublich und weckte in ihm gleichzeitig den Wunsch, die geheimnisvolle Stadt mit eigenen Augen zu sehen.

»Atlantis ist so gut versteckt, dass nur wenige Eingeweihte überhaupt eine Chance haben, dorthin zu gelangen«, fuhr Hildegard fort. »Man benötigt dafür einen speziellen Kompass, den die Königin von Atlantis an jene vergibt, die es sich aus ihrer Sicht verdient haben. Und wie ihr euch vielleicht denken könnt, sind das nicht viele.«

»Haben wir denn ohne diesen Kompass überhaupt eine Chance, Atlantis zu finden?«, fragte Mari.

»Ohne ihn nicht.« Hildegard lächelte. »Aber alle Zauberinnen und Zauberer erhalten bei ihrem Abschluss einen, weil wir eine besondere Verbindung zu der Stadt pflegen. Fast alle magischen Gegenstände, die wir für unsere Arbeit benötigen, beziehen wir aus Atlantis.«

Sie drückte auf einen Knopf an ihrer Armlehne, woraufhin diese sich öffnete. Hildegard griff hinein und zog eine kleine Schachtel heraus.

Als sie den Deckel abhob, konnte Fritz sehen, dass sich darin eine altmodische Taschenuhr befand, die auf blauem Samt lag. Er erkannte sie sofort wieder. »Genauso eine hatte Hümmerlein auch!«

Die Kinder traten näher, um besser sehen zu können. »Seid vorsichtig«, warnte Hildegard, bevor sie ihnen die Uhr reichte. Fritz nahm sie behutsam entgegen. Neben den normalen Uhrzeigern hatte sie eine Kompassnadel und einen weiteren Zeiger, den Fritz bei genauerem Betrachten als Datumszeiger identifizierte.

»Funktioniert die Kompassnadel gar nicht?«, fragte Lena. Die Nadel zeigte immer auf das N, egal, in welche Richtung man den Kompass drehte.

»Erst wenn der Stundenzeiger das nächste Mal auf der Zwölf steht, wird die Kompassfunktion aktiviert«, erklärte Hildegard. »Das ist schon in fünf Minuten, also macht euch bereit.«

Sie erhob sich schwerfällig und wackelte nach vorne

zu Trixis Bildschirm. »Trixi, bitte öffne das Navigationspaneel«, sagte sie.

»Gerne«, antwortete die Computerstimme. Der Bildschirm fuhr ein Stück hoch und darunter klappte eine Leiste mit verschiedenen Knöpfen aus der Wand. In der Mitte befand sich eine Vertiefung, in die Hildegard nun den Kompass legte.

»Alles klar«, sagte Trixi. »Gleich geht's los.« Auf dem Bildschirm erschien ein Countdown, und als die Anzeige auf null stand, setzte sich der Nautilus in Bewegung.

Obwohl Fritz sich mittlerweile an die schaukelnden Bewegungen des Tauchbootes gewöhnt hatte, fühlte es sich immer noch ein wenig seltsam an.

»Hey, du komische Riesenschnecke, würde es dir etwas ausmachen, einen Gang runterzuschalten?«, maulte Günther. »Ich hab einen empfindlichen Magen und keine Lust, mein Sandwich wiederzusehen!«

»Ich bin darauf programmiert, nicht auf solche Provokationen zu reagieren«, erwiderte Trixi. »Außerdem zeigen meine Berechnungen, dass wir mit der aktuellen Geschwindigkeit unser Ziel in zwei Stunden, vierzig Minuten und dreiundzwanzig Sekunden erreichen werden. Falls wir später ankommen, laufen wir Gefahr, es zu verfehlen.«

»Danke, Trixi«, sagte Margot. Dann wandte sie sich an die Kinder. »Ihr solltet die Zeit nutzen und zumindest versuchen, ein wenig zu schlafen. Ihr werdet eure Kräfte brauchen.«

Fritz fragte sich, wie um alles in der Welt er jetzt einschlafen sollte, wenn sie bei ihrer Ankunft das sagenumwobene Atlantis und eine mögliche Begegnung mit Gargor erwarteten.

Doch da erklang wieder die leise Musik, die er schon von ihrer ersten Fahrt mit Trixi kannte. Dazu wehte ein blumiger Geruch durch den Raum, der ihn an provenzalische Lavendelfelder denken ließ.

Fritz lehnte sich in seinen Sitz zurück. Er fühlte sich auf einmal ganz entspannt und zuversichtlich. Und vor allem müde, sehr, sehr müde …

»Aufwachen, Fritz! Wir sind da!« Es war Lena, die ihn wach rüttelte.

Fritz brauchte einen Moment, um sich zu orientieren. Dann fiel ihm schlagartig wieder ein, wo sie gerade angekommen waren, und er rappelte sich hoch. Seine Arme und Beine schmerzten, offenbar auch eine Nachwirkung des Transformationsserums.

Fritz blickte aus einem der Fenster, konnte aber zunächst nichts erkennen. Das Wasser um sie herum war stockdunkel, nur der Meeresgrund und ein paar Fische waren zu sehen. Trixis Bildschirm zeigte jedoch, dass sie sich einer Art enormer Kuppel näherten.

»Da draußen ist doch gar nichts«, wunderte sich Fritz und zeigte aus dem Fenster.

»Es handelt sich um eine optische Täuschung«, erklärte Trixi. »Atlantis ist durch mehrere Zauber vor unbefugten Blicken geschützt, aber der Kompass bringt uns sicher ans Ziel.«

Auf dem Monitor konnte Fritz verfolgen, wie Trixi auf die Kuppel zu- und in sie hineinschwamm.

Urplötzlich wurde es hell im Innenraum. Ein warmes, goldenes Licht drang durch die Fenster zu ihnen herein. Fritz stand auf, um besser sehen zu können.

Als er durch eins von Trixis Augen hinausblickte, stockte ihm der Atem. Er hatte das Gefühl, eine Zeitreise in die Vergangenheit unternommen zu haben.

Trixi war auf einer Art Hügel zum Stehen gekommen. Direkt vor ihnen erstreckte sich eine gigantische Unterwasserstadt, die jedoch keinerlei Ähnlichkeit mit Almaris hatte. Auch die Zeichnungen, die er in Büchern über Atlantis gesehen hatte, wurden dieser Stadt nicht ansatzweise gerecht.

Hohe Bauwerke mit zahlreichen Türmchen, Säulen und goldenen Dächern standen neben kleineren, die jedoch nicht minder prunkvoll wirkten. Einige von ihnen sahen aus wie Tempel – Fritz musste unwillkürlich wieder an den Poseidontempel denken, der nach ihrem Kampf gegen die Lumis und Nyx eingestürzt war.

Aus der Mitte der Stadt ragte ein prächtiges Schloss hervor, das von einer großzügigen Gartenanlage umgeben war. Das musste der Palast der Königin sein.

»Wow!«, war das Einzige, was Fritz herausbrachte.

»Dagegen kann Disneyland einpacken!« Lena war neben ihn getreten. »Ich wünschte, ich hätte mein Handy mitgenommen, um Fotos zu machen.«

»Es ist besser, dass du es nicht dabeihast«, meinte Hildegard. »Auf unbefugtes Fotografieren steht in Atlantis Gefängnisstrafe.«

Lena starrte sie ungläubig an. »Wirklich?«

Hildegard nickte. »Die Königin ist sehr streng. Wir sollten nun aber wirklich zusehen, dass wir zu ihr kommen. Bis zum Ende des Jahres sind es nur noch wenige Stunden.«

Sie einigten sich darauf, dass Margot im Tauchboot warten würde, um bei Gefahr Verstärkung rufen zu können. Günther jammerte, dass er nach der unruhigen Fahrt erst einmal eine Pause brauchte, und blieb bei Margot, während Hildegard und Olf die Kinder zum Palast begleiten wollten. Nachdem Lena und Fritz sich ein paar O2-Gums in den Mund geschoben hatten, waren sie startklar. Über Trixis Wasserrutsche ging es für die fünf nach draußen. Diesmal traute Fritz sich sogar, als Erster zu rutschen. Die vielen Loopings machten ihm überhaupt nichts mehr aus, im Gegenteil. Nach ihm folgten Mari, Lena und Olf.

»Ich bin zu alt für diesen Firlefanz«, murmelte Hildegard, nachdem Trixi auch sie ausgespuckt hatte. Jetzt konnte Fritz erkennen, dass der Hügel, auf dem Trixi gelandet war, aus feinem goldenen Sand war. »Darunter befindet sich eine Edelsteinmine«, erklärte Hildegard. »Alle magischen Edelsteine, die in den Ozeanen zu finden sind, stammen aus Atlantis.«

»Also auch der Aquamarin in Almaris?«, wollte Lena wissen.

»Ja. Deshalb auch die strikten Sicherheitsvorkehrungen. Sollten Unbefugte sich Zutritt verschaffen … nun ja, ihr könnt es euch denken.«

Fritz musste schlucken. Wenn sich das Tor, das Gargor öffnen wollte, hier in der Stadt befand, dann war doch auch Atlantis unmittelbar in Gefahr, oder? Er mochte sich nicht vorstellen, was Gargor aus dieser magischen Metropole machen würde, wenn er die Gelegenheit dazu bekam.

»Ich hoffe nur, dass die Königin sich von unserem Plan überzeugen lässt«, brummte Olf. »Nach dem, was ich in letzter Zeit so über sie gehört habe, scheint sie ein wenig abgedreht zu sein.«

»Wie meinst du das?«, hakte Mari nach.

»Na ja, es heißt, sie würde sich lieber mit ihren Schlangen unterhalten als mit ihren Untertanen. Und dass sie schon seit einiger Zeit einen Statthalter einsetzt, weil sie keine Lust hat, sich selbst um die Belange ihres Volkes zu kümmern.«

»Du solltest nicht alles glauben, was an Gerüchten zu uns herüberschwappt«, ermahnte ihn Hildegard. »Sie ist vielleicht nicht die einfachste Person, aber ich kann mir nur schwer vorstellen, dass sie ihre Untertanen im Stich lässt, wenn es darauf ankommt.«

Olf kratzte sich nachdenklich seinen Bart. »Ich hoffe, du hast recht.«

Am Fuße des Hügels befand sich ein kleines Häuschen mit einem Schild, auf dem in goldenen Lettern *Edelsteinminen* stand. Etwas kleiner darunter las Fritz *Richtung Zentrum*.

»Ist das etwa eine … Bushaltestelle?«, fragte er verblüfft.

»So was Ähnliches«, bestätigte Hildegard.

Eine Anzeigetafel verriet, dass die nächste Fahrt in sieben Minuten starten würde. Olf zückte seinen Kommunikator und drückte darauf herum, während die Kinder und Hildegard sich ein wenig umschauten.

Vor dem Eingang zu den Minen war ein kleiner Markt mit mehreren Ständen aufgebaut, an denen verschiedene Muscheln, Edelsteine und Zauberpülverchen angeboten wurden. Während Hildegard den Stand mit den Pulvern in Augenschein nahm, sahen sich die Kinder die Edelsteine an. Es gab alle Größen und Farben, die man sich vorstellen konnte, außerdem konnte man diverse Ketten und Anhänger aus Edelsteinen erwerben. Hinter dem Verkaufstisch saß ein alter Mann auf einem Hocker und schlief. Sein Gesicht war unter einer Kapuze verborgen.

»Das wäre was für Mama.« Lena wies auf eine Kette, an der ein Amethyst hing.

Auch Mari trat näher, nahm einen durchsichtigen Stein in die Hand und hielt ihn gegen das Licht.

»Abgefahren«, murmelte sie. Sie drehte sich um und zeigte ihn Lena und Fritz. Im Innern waren die Umrisse eines Schlüssels zu erkennen.

»Ein Schlüsselstein«, sagte eine Stimme hinter ihnen.

Mari, Fritz und Lena fuhren herum. Der alte Mann hatte sich erhoben und zeigte mit seinen langen, dünnen Fingern auf den Edelstein. Noch immer war sein Gesicht halb von der Kapuze verdeckt, Fritz konnte nur seinen fast zahnlosen Mund und bläuliche Lippen sehen.

Der Alte wandte sich an Mari. »Er kann Türen öffnen, die für Normalsterbliche verschlossen sind. Und er kann dir helfen, das zu bekommen, was du dir am sehnlichsten wünschst.«

Fritz lief ein kalter Schauer über den Rücken. Der Mann war ihm unheimlich.

»Äh … was soll der denn kosten?«, fragte Mari unsicher.

»Fünfzig Dukaten«, sagte der alte Mann.

»Oh, so viel haben wir leider nicht.« Mari wollte ihm den Stein zurückgeben. »Wir kommen aus Almaris. Unsere Währung sind Seesterne, wir haben überhaupt kein atlantisches Geld.«

»Kein Problem. Dann gebt mir doch etwas anderes zum Tausch. Die da zum Beispiel.« Der Alte beäugte Maris Muschelkette und streckte gierig seine Hand danach aus.

Mari wich ein Stück zurück. »Nein. Die ist von meiner Mutter.«

»Verstehe.« Der Mann ließ die Hand wieder sinken. »Ach, wisst ihr was, behaltet den Stein.«

»Sind Sie sicher?«, fragte Mari verwirrt.

Der alte Mann verzog seine blauen Lippen zu einem dünnen Lächeln. »Ich fühle mich heute großzügig. Nun steck ihn schon ein.«

Mari zögerte einen Moment, dann steckte sie den Stein in ihre Tasche. »Ähm, okay. Dankeschön.«

»Was für ein seltsamer Typ«, meinte Lena, als sie sich auf den Weg zurück zur Haltestelle machten.

Doch sie hatten keine Gelegenheit, sich weiter über die merkwürdige Begegnung zu unterhalten. »Ah, schaut mal, da ist unser Fahrzeug«, sagte Hildegard.

Fritz staunte nicht schlecht, als ein riesiger Mantarochen angeschwebt kam. Er trug einen altmodischen Schaffnerhut, und an seiner Unterseite war eine kleine Gondel befestigt, welche an die eines Heißluftballons erinnerte.

»Guten Tag, die Herrschaften«, sagte er höflich. »Ich bin Rocco. Wo darf ich euch hinbringen?«

»Zum königlichen Palast, bitte«, meinte Hildegard.

»Bevor ich es vergesse, dürfte ich eure Berechtigung sehen?«, bat der Rochen.

Hildegard zeigte ihm den Kompass und er nickte. »In Ordnung. Bitte alles einsteigen!«

Hildegard, Olf und die Kinder kletterten in die Gondel und los ging die Fahrt.

Fritz hatte Mantarochen schon immer beeindruckend gefunden, aber es war etwas ganz anderes, einem echten zu begegnen, und dann auch noch in einer solchen Umgebung. Majestätisch schwebte Rocco durch die breiten Straßen, die von gigantischen Korallenbäumen gesäumt wurden. Auf ihren Ästen saßen kleine Kugeln, die sanftes goldenes Licht ausstrahlten, wie das Leuchten einer untergehenden Sonne. Die Fische und anderen Meerestiere, die ihnen begegneten, wirkten dadurch wie verzauberte Wesen aus einer fremden Welt, wunderschön und atemberaubend. Das Gleiche galt auch für die Bewohner von Atlantis. Vor einem der Gebäude, die Fritz vorhin für einen Tempel gehalten hatte, hatte sich eine kleine Ansammlung von Personen gebildet. Offenbar handelte es sich um ein Restaurant. Die Leute saßen um runde Tische herum oder lagen auf gemütlich aussehenden Sofas, die im Wasser schwebten. Kleine goldene Fische trugen emsig Tabletts mit Essen hin und her. Fritz hatte noch nie so viele schöne Menschen auf einmal gesehen. Sie alle waren groß gewachsen, trugen kostbare Gewänder und die Damen hatten ihr langes Haar zu kunstvollen Gebilden hochgesteckt.

Ein Mädchen, vielleicht etwas älter als er selbst, drehte sich zu ihnen um und lächelte Fritz an. Rotblonde Locken umspielten ihr zartes Gesicht, und sie trug eine grüne Toga mit goldenen Stickereien, das ihren elfenbeinfarbenen Teint noch mehr zur Geltung brachte.

Mari stieß ihn unsanft in die Seite. »He, wir sind nicht zum Flirten hier!«

Verstohlen sah Fritz sich noch einmal nach dem Mädchen um, aber da bog der Rochen schon um eine Häuserecke, und es verschwand aus seinem Blickfeld.

»Unter uns Zauberern erzählt man sich, dass die Atlanter einst das Geheimnis ewiger Jugend kannten. Über die Jahre muss es verloren gegangen sein, aber die Überreste des Zaubers wirken noch bis heute nach. Deswegen sind die Bewohner hier so außergewöhnlich schön«, erklärte Hildegard.

Fritz hörte nur mit halbem Ohr zu. Er war viel zu beschäftigt damit, den königlichen Park mit den Teppichen aus bunten Seeanemonen und den seltsamen Skulpturen aus Schlingpflanzen zu bewundern. Sie passierten ein großes Beet voller rosafarbener Blüten, die frappierende Ähnlichkeit mit den Blumen aus der unterirdischen Höhle auf Huiselskroog hatten. Wenn man sie berührte, konnten sie mit tödlichen Kugeln schießen. Fritz schüttelte sich bei der Erinnerung daran.

In diesem Moment verkündete Rocco: »Bitte alles aussteigen, wir sind da.«

Nervös blickte Fritz an der prächtigen Fassade des Palastes hoch, in dem die Königin von Atlantis lebte. Aus der Nähe wirkte er noch größer und beeindruckender. Nicht einmal, wenn man den Kopf in den Nacken legte, konnte man das Dach des höchsten Turms sehen. Fritz schlug das Herz bis zum Hals, als sie die steinernen Stufen erklommen und an das schmiedeeiserne Tor klopften. Er konnte kaum glauben, dass sie schon bald der Königin gegenüberstehen würden. Ob sie ihnen die Geschichte mit Gargor und Hümmerlein abkaufen und sich bereit erklären würde, ihnen zu helfen?

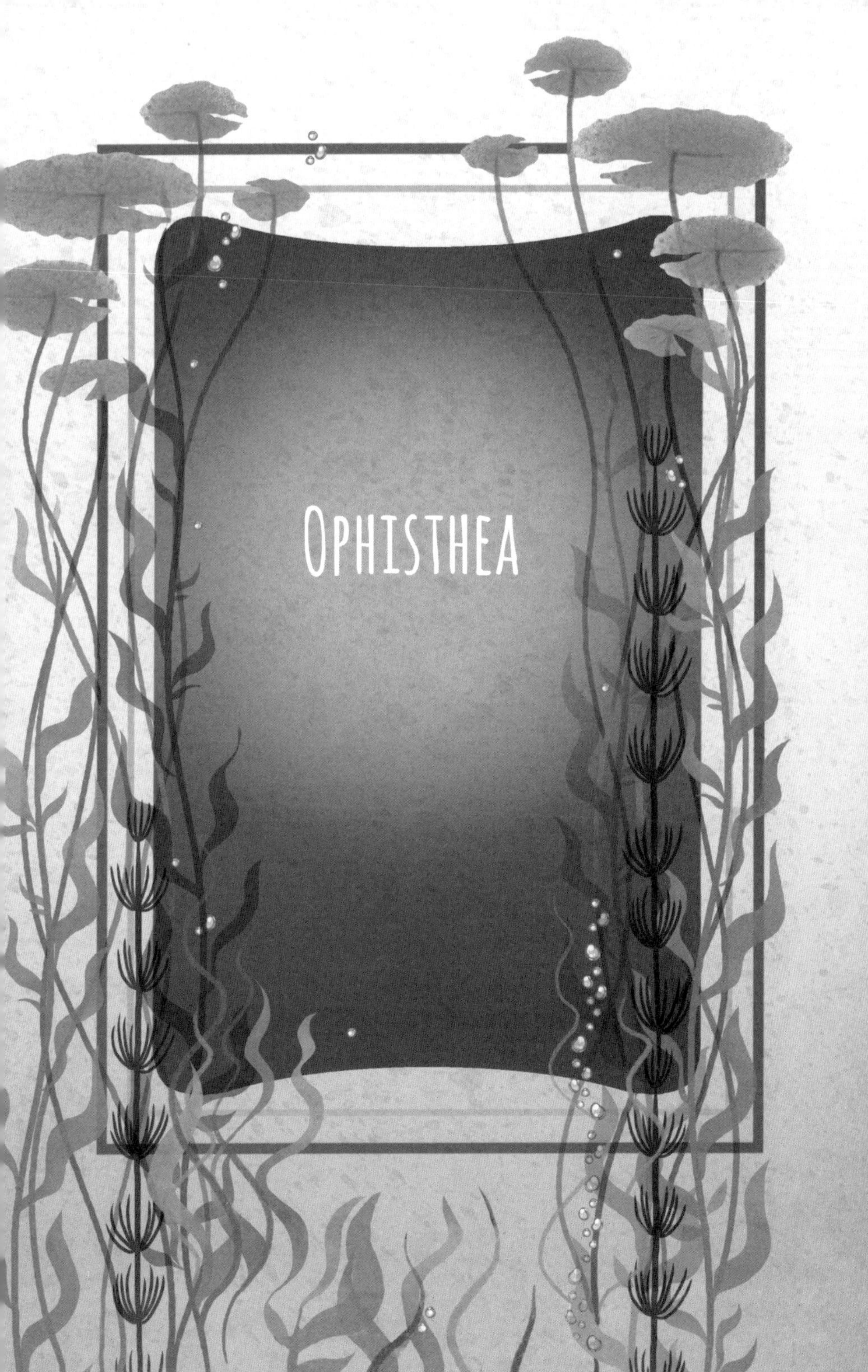

Ophisthea

Es dauerte eine Weile, bis das Tor von innen entriegelt wurde und sich einen Spaltbreit öffnete.

»Wer ist da?«, fragte eine Stimme, die ziemlich unfreundlich klang.

»Lasst mich das am besten machen.« Hildegard schwamm vor und drängte Olf beiseite, der bereits neugierig ins Innere des Palastes gelinst hatte. »Wir müssen dringend mit der Königin sprechen. Ich heiße Hildegard und habe lange in Almaris gelebt. Sie kennt mich.« Als Beweis zog sie den Kompass aus der Tasche ihrer Strickjacke.

Ein Wachmann öffnete das Tor ein Stückchen weiter und musterte die kleine alte Frau von Kopf bis Fuß, dann fiel sein Blick auf Olf und die Kinder. »Und was wollen die da?«

»Das sind mein Sohn und meine drei Enkelkinder«, sagte Hildegard schnell. »Ich habe sie als Unterstützung mitgebracht. Wenn man so alt und gebrechlich ist wie ich, kann man froh sein über jede Hilfe. Wissen Sie, ich kann nicht einmal mehr alleine auf die Toilette geh–«

»Schon gut, schon gut!« Der Wachmann hob die Hand, um Hildegards Redefluss zu stoppen, und ließ sie endlich herein.

Als sie an ihm vorbeischwammen, hielt er Olf am Arm fest. »Mit drei Kindern haben Sie schon ein schweres Los, Sie Armer! Ich habe den Fehler zum Glück nur einmal gemacht. Mein Sohn ist acht und ein echter Seeteufel, sage ich Ihnen.«

Olf zuckte mit den Schultern. »Och, meine sind eigentlich ganz lieb. Aber ich sehe sie eh nur am Wochenende, weil sie alle bei ihren Müttern leben.«

Der Wachmann starrte Olf ungläubig an, anscheinend hatte es ihm die Sprache verschlagen. Fritz konnte es ihm nicht verdenken. Mit seinen langen Haaren und Hippie-Klamotten wirkte Olf nun wirklich nicht wie ein typischer Frauenheld.

Sie fanden sich in einer prunkvollen Empfangshalle wieder, die von mehreren hohen Säulen gestützt wurde. Rechts und links führten zwei Treppen ins obere Stockwerk. Eigentlich machte es herzlich wenig Sinn, dass es in einer Unterwasserstadt Treppen gab, dachte Fritz. Aber vermutlich waren das noch Überbleibsel aus der Zeit, in der Atlantis sich über dem Meeresspiegel befunden hatte.

Am Fuß der Treppe kam ihnen ein seltsam aussehender Fisch entgegen. Er war ungefähr so lang wie Fritz' Unterarm, orange-weiß gestreift und hatte an Brust- und Rückenflossen mehrere lange Stacheln, die wie Antennen von seinem Körper abstanden.

»Cool, ein Feuerfisch«, rief Fritz. »So einen wollte ich schon immer mal in echt sehen.«

»Sind die nicht gefährlich?«, flüsterte Lena ihm zu.

»Ihre Stacheln sind zwar giftig, aber die benutzen sie nur, um sich zu verteidigen. Für Menschen ist das Gift nicht tödlich, aber trotzdem ziemlich schmerzhaft.«

»Stimmt genau«, freute sich der Fisch, der offensichtlich ein Weibchen war. »Und keine Angst, ich habe nicht vor, meine Stacheln zu benutzen. Herzlich willkommen im Palast von Atlantis. Ich bin Luzie und werde euch zur Königin begleiten.«

»Das ist sehr nett von dir, Luzie«, sagte Fritz höflich.

Die Feuerfisch-Dame schwamm voran und die Kinder, Hildegard und Olf folgten ihr. Zunächst ging es nach oben, dann durch einen Ballsaal, der die Größe eines Fußballplatzes hatte, weiter nach oben in einen Turm mit einer Wendeltreppe, entlang eines von Statuen gesäumten Korridors und von dort aus auf eine Dachterrasse, auf der verschiedene exotisch aussehende Wasserpflanzen wuchsen. Manche von ihnen hatten große Kelche, die zuklappten, wenn man an ihnen vorbeiging, und Fritz überlegte kurz, ob es vielleicht fleischfressende Pflanzen waren. Ein Netz aus kuppelförmig angeordneten Lampions überspannte die Fläche und tauchte sie in ein zauberhaftes rotgoldenes Licht.

Als sie sich dem anderen Ende der Terrasse näherten, konnte Fritz sehen, dass dort eine Gestalt auf einem Thron saß. Vor ihr standen zwei Meermenschen mit einer Kleiderstange, die von bunten Fischen getragen wurde und an der mehrere lange Roben hingen. Schon von Weitem war zu erkennen, dass es sich um aufwendig gearbeitete Gewänder handeln musste, von denen jedes einzelne sicher ein Vermögen kostete. Die rechte der beiden Personen, eine Frau, präsentierte gerade eines der Kleider. Es war rubinrot mit goldenen Stickereien.

»Nein, viel zu langweilig«, hörte Fritz die Königin missbilligend sagen. Ihr Gesicht war noch nicht zu erkennen, weil es von der Kleiderstange verdeckt wurde. »Das gleiche Muster hat er doch schon letzte Saison verwendet, damit kann ich mich beim besten Willen nicht blicken lassen. Sagt Tommaso Torpedo, er soll sich endlich etwas Neues einfallen lassen, sonst kaufe ich in Zukunft lieber bei der Konkurrenz! Giancarlo Gamberetto ist schon lange scharf darauf, mein Hofdesigner zu werden. Und jetzt verschwindet, ich habe Wichtigeres zu tun.« Sie machte eine ungeduldige Handbewegung, als wollte sie die beiden wegwischen.

»Sehr wohl, Eure Majestät«, sagte die Frau unterwürfig, und sie und ihr Kollege beeilten sich, ihre Ware wieder zu verstauen.

»Sie hat schlechte Laune«, flüsterte Luzie ihnen zu. »Stella, ihre Lieblings-Stylistin, ist ausgefallen, und sie ist mit ihrer heutigen Frisur unzufrieden. Also passt auf, was ihr sagt, um sie nicht noch mehr zu verärgern.«

Als die Kleiderstange weggetragen wurde, konnten sie die Königin endlich ganz sehen. Sie saß auf einem hohen Thron aus purpurnen Korallen und hatte die Beine übereinandergeschlagen. Sie trug ein bodenlanges Kleid mit schwarz-goldenem Zebramuster, dessen auffälliger Stehkragen an den einer Echse erinnerte. Sie war nicht mehr jung, doch es war unschwer zu erkennen, dass sie einmal eine große Schönheit gewesen sein musste. Ihr blasser Teint, die geschwungenen Augenbrauen und hohen Wangenknochen ließen ihre Gesichtszüge edel wirken, und das dunkelrote Haar war zu einer imposanten Hochsteckfrisur aufgetürmt. Bei näherem Hinsehen entdeckte Fritz, dass die Haartracht von mehreren lebendigen Schlangen zusammengehalten wurde, die dasselbe Muster aufwiesen wie ihr Kleid. Extravagant war wohl die beste Beschreibung für die Frau, die da vor ihnen saß, und es war unmöglich, sich von ihrem Antlitz nicht eingeschüchtert zu fühlen.

»Eure Majestät, das sind Hildegard, Olf, Fritz, Lena und Mari«, verkündete Luzie. »Sie kommen aus Almaris und haben eine Bitte an Euch. Werte Besucher, darf ich vorstellen? Königin Ophisthea von Atlantis.«

Als sie die Neuankömmlinge erblickte, kräuselten sich ihre wohlgeformten Lippen, und die smaragdgrünen Augen mit den langen Wimpern nahmen einen skeptischen Ausdruck an.

»Was wollt ihr von mir?«

»Guten Tag, Eure Majestät«, sagte Hildegard, und Fritz hatte das Gefühl, dass selbst die alte Frau ein wenig nervös war. »Ich bin Hildegard und habe König Wunibald früher als Orakel gedient. Möglicherweise erinnert Ihr Euch noch an mich«, fuhr sie fort. »Wir sind hergekommen, um Euch um Hilfe zu bitten. Es sieht ganz so aus, als ob Gargor versucht, aus der Unterwelt zu entkommen und Rache zu üben.«

Die Königin hob eine Augenbraue. »Gargor? Nie gehört. Und so leid es mir tut, Hildegard, ich kann mich nicht erinnern, dir schon einmal begegnet zu sein.«

»Aber Ihr müsst doch noch wissen, wer Gargor ist!«, rief Hildegard ungläubig. »Er war Euer Berater und plante, Euch mithilfe von böser Magie vom Thron zu stoßen.«

Die Königin schüttelte den Kopf. »Ich weiß wirklich nicht, wovon du redest.«

Mari wagte sich ein Stück vor. »Bitte, Eure Majestät, Ihr müsst uns helfen! Gargor hat vor ein paar Monaten schon versucht, das Weltentor im Bermudadreieck zu öffnen. Das konnten wir zum Glück verhindern, aber meine Mutter Penelope ist seitdem in der Unterwelt gefangen.«

Hastig erzählte sie vom Verschwinden der Kursteilnehmer aus Einöd und von Gargors mutmaßlichem Ritual.

Die Königin hörte zu, ohne dabei eine Miene zu verziehen, und Fritz hoffte inständig, sie würde sich überzeugen lassen.

»Ihr seid doch so mächtig, dass Ihr die dreizehn Menschen bestimmt ausfindig machen und das Ritual verhindern könnt. Denkt daran, was Gargor alles anrichten kann, falls das Tor geöffnet wird. Womöglich wird er versuchen, Atlantis zu zerstören!«, sagte Mari eindringlich. »Und das wird schreckliche Folgen für alle Meeresvölker haben, wie Ihr sicher wisst.«

Die Königin schnaubte abfällig. »Die anderen interessieren mich nicht. Sie lästern doch sowieso nur über uns. In ihren Augen sind wir altmodisch und rückständig. Obwohl es ihre Meeresmagie ohne uns Atlanter überhaupt nicht gäbe, pah!«

Man merkte ihr deutlich an, wie sehr es sie kränkte, was man sich über ihre Stadt erzählte. Fritz erinnerte sich, dass er auch in Almaris den einen oder anderen Spruch gehört hatte, bei dem Atlantis nicht sonderlich gut weggekommen war.

Mari senkte den Kopf. »Aber das sagen sie nur, weil sie nicht wissen, wie wunderbar Atlantis ist, Eure Majestät.«

Die Königin beugte sich ein Stück vor. »Hör mal zu, Mädchen – wie heißt du noch gleich?«

»Mari … Marimiranda.«

Die Königin stieß ein kurzes Lachen aus. »Was ist das überhaupt für ein Name? Nun ja, egal. Du glaubst doch nicht im Ernst, wenn du mir nur genug Honig ums Maul schmierst, mache ich für euch einen einzigen Finger krumm. Diese Geschichte, die ihr da erzählt, hört sich für mich an, als sei sie eurer Fantasie entsprungen. Was wollt ihr? Dukaten? Edelsteine? Wir haben mehr als genug davon. Schwimmt in die Schatzkammer, und nehmt einen Sack voll mit, aber lasst mich in Ruhe. Ich erwarte jeden Moment einen neuen Stylisten, der dieses Desaster wieder in Ordnung bringt.« Sie deutete auf ihre Hochsteckfrisur, die bedrohlich hin und her schwankte. Eine der Schlangen hatte sich selbstständig gemacht und fand offenbar die Halskette der Königin sehr spannend.

Fritz wollte etwas Nettes über ihre Frisur sagen, biss sich aber auf die Lippen. Bestimmt hätte sie auch sein Kompliment in den falschen Hals bekommen.

»Wir wollen Euer Gold nicht, wir wollen, dass Ihr uns zuhört«, versuchte es Lena noch einmal. »Gargor ist gefährlich. Bitte –«

Die Königin schnitt ihr brüsk das Wort ab. »Besprecht euer Problem mit meinem Statthalter Alaric. Er kümmert sich um alle Belange, die Atlantis betreffen.«

Die fünf starrten sie fassungslos an. Die Königin warf sie einfach raus, obwohl das ganze Unterwasserreich bedroht war?

»Nun verschwindet schon, oder muss ich meine Wachen rufen?«, fragte sie unwirsch.

Niedergeschlagen trat die kleine Truppe den Rückzug an. Was für ein Reinfall!

»Wie ich schon sagte, sie hat heute wirklich schlechte Laune«, meinte Luzie entschuldigend. Der Feuerfisch geleitete sie von der Dachterrasse des Palastes wieder zur Treppe. »Aber ich kann euch zu Alaric bringen, wenn ihr es noch einmal versuchen möchtet.«

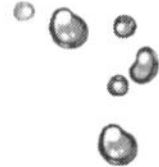

Leider verlief ihr Besuch beim Statthalter zunächst ähnlich unbefriedigend. Alaric, ein großer, sehniger Mann mit kurz rasiertem Haar und dichten schwarzen Augenbrauen, hörte ihnen nur mit halbem Ohr zu, während er auf seinem ausladenden, goldverzierten Schreibtisch

Akten unterschrieb. Er faselte etwas davon, dass sie das Protokoll missachtet und zuerst zu ihm anstatt gleich zur Königin hätten gehen müssen. »Dafür steht in Atlantis eigentlich eine Strafe – ein Monat Arbeit in der Edelsteinmine. Aber ich will mal nicht so sein, bei drei Kindern und einer alten Dame.« Er lächelte gönnerhaft.

Wie Fritz es von Mari gewohnt war, wollte sie auch diesmal nicht so leicht aufgeben. Obwohl der Statthalter darauf beharrte, den Namen Gargor noch nie in seinem Leben gehört zu haben, redete sie weiter auf ihn ein. »Sie müssen verstehen, es geht dabei nicht nur um uns, sondern auch um Atlantis! Wenn Gargors Vorhaben gelingt, dann sind wir alle in Gefahr!«

Alarics buschige Augenbrauen schossen nach oben und er legte seine Schreibfeder beiseite. »Dramatische Worte für so eine junge Lady. Wer bist du noch mal, wenn ich fragen darf?«

Mari reckte das Kinn. »Prinzessin Marimiranda von Almaris, Tochter von Wunibald und Penelope.«

Fritz bemerkte, dass sich Alarics Gesichtsausdruck bei ihren Worten veränderte. Seine Kiefermuskeln spannten sich an, und seine dunklen Augen verengten sich kurz, während sie auf Mari ruhten.

»Ach, warum habt ihr das denn nicht gleich gesagt?« Er erhob sich, kam auf sie zu und reichte Mari seine Hand. »Herzlich willkommen in Atlantis, Eure Königliche Hoheit. Euer Vater ist ein alter Freund von mir.« Er verzog die Lippen zu einem Lächeln, aber es war eindeutig kein aufrichtiges.

»Äh, danke …«, murmelte Mari verlegen. »Komisch, Paps hat Sie nie erwähnt.«

Alaric überging ihre Bemerkung. »Was haltet Ihr von einem gemeinsamen Abendessen? Dabei können wir in Ruhe überlegen, wie wir das Problem angehen. Ihr seid sicher ganz ausgehungert von der langen Reise. Ich lasse den Bankettsaal für uns herrichten und Ihr könnt solange in der Bibliothek warten.«

Er winkte zwei seiner Wachleute zu sich, die den Besuchern die Bibliothek zeigen sollten. »Wir sehen uns gleich«, sagte er beiläufig. Wieder dieses Lächeln. Fritz' Nackenhaare stellten sich auf.

Während sie von den Wachen hinauseskortiert wurden, suchte er die Blicke der anderen, aber es gab keine Möglichkeit, sich ungestört zu unterhalten.

Schließlich erreichten sie die Bibliothek, die in einem der Türme untergebracht war. Für einen kurzen Moment vergaß Fritz seine Sorgen und staunte über die zahllosen Bücher in spiralförmig angeordneten Regalen, welche die runden Wände komplett verdeckten. Der Turm war so hoch, dass man nicht erkennen konnte, was sich ganz oben befand. Auch hier herrschte sanftes goldenes Licht, das von einigen der Buchrücken und den kleinen goldenen Bibliotheksfischen reflektiert wurde, die emsig umherschwammen. »Wahnsinn!«, entfuhr es ihm, und er hätte zu gerne ein wenig herumgestöbert. Aber dafür war jetzt keine Zeit.

»Irgendetwas stimmt hier nicht«, flüsterte er den anderen zu, nachdem er sich vergewissert hatte, dass die Wachmänner den Raum wieder verlassen hatten.

»Mir kam der Typ auch seltsam vor«, pflichtete Mari ihm bei.

Lena zuckte mit den Schultern. »Er hat gesagt, dass er uns helfen will. Habt ihr eine bessere Idee?«

Fritz und Mari schauten sie ratlos an.

Da schob sich wie von Zauberhand eins der Bücher ein Stück aus dem Regal. »Pssst!«, machte jemand leise.

Neugierig schwammen Fritz und die anderen zu der Stelle, immer darauf bedacht, dass die Wachen jederzeit wieder hereinkommen konnten.

Mari zog das Buch ganz heraus.

»Luzie!«, flüsterte sie überrascht.

Die Feuerfisch-Dame sah sie durch den Spalt hindurch an. »Ich bin hier, um euch zu warnen«, sagte sie ernst. »Das Abendessen, das Alaric angeblich gerade für euch vorbereiten lässt … es ist eine Falle!«

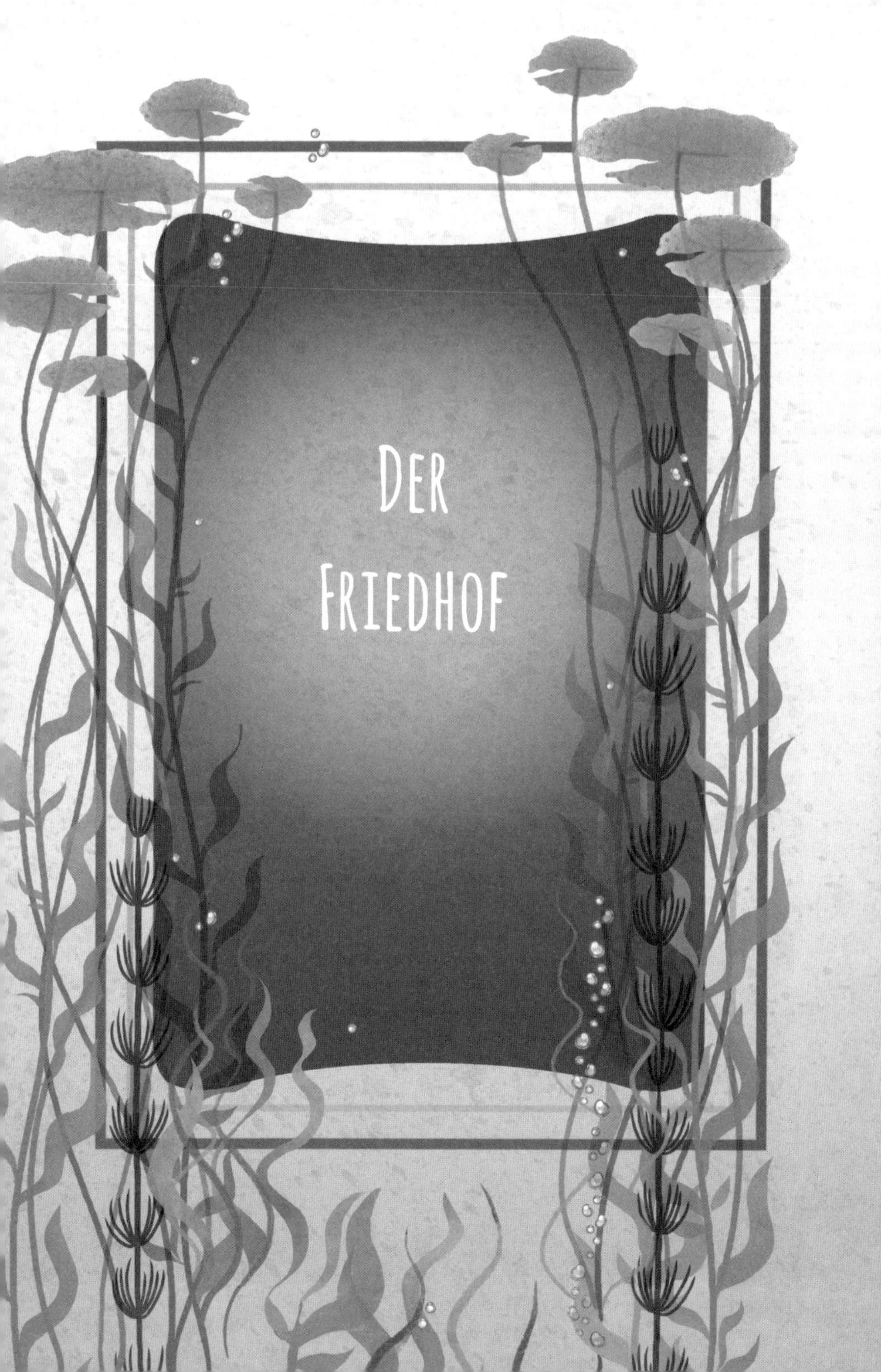
Der
Friedhof

Woher weißt du das?«, fragte Fritz den Feuerfisch.

»Ich habe gelauscht, als er sich mit den Palastwachen unterhalten hat«, berichtete Luzie atemlos. »Er will euch nicht helfen, im Gegenteil! Er hat davon gesprochen, dass ihr auf keinen Fall Gargors Ritual stören dürft.«

In diesem Augenblick vibrierte Olfs Kommunikator. Er zog das Gerät aus seiner Tasche, und seine Augen weiteten sich, als er die Nachricht las. »Mist!«

»Was denn?«, wollte Hildegard wissen.

Olf warf einen Blick zur Tür, doch es war niemand zu sehen. »Ich habe vorhin auch Océane auf diesen Alaric angesetzt und sie hat gerade meine Befürchtung bestätigt. Er war früher einer von Gargors Anhängern.«

Mari schluckte. »Oh nein! Also führt er tatsächlich nichts Gutes im Schilde. Und was machen wir jetzt?«

»Ich kann euch einen Weg nach draußen zeigen«, wisperte Luzie aufgeregt. »Und ich habe sogar gehört, wo das geplante Ritual stattfinden wird. Wenn wir hier unbemerkt rauskommen, schafft ihr es vielleicht noch rechtzeitig dorthin.«

»Moment mal.« Olf kniff die Augen zusammen. »Woher wissen wir denn, dass wir dir trauen können, hm? Vielleicht bist du ja auch eine Komplizin von Alaric und wir schwimmen ihm direkt in die Arme.«

Luzie hob die Flossen. »Ich kann es euch leider nicht beweisen. Aber glaubt mir, ich will Gargor genauso aufhalten wie ihr. Ich hatte schon länger das Gefühl, dass Alaric keinen guten Einfluss auf unsere Königin hat. Als sie dann behauptete, sie könne sich nicht an Gargor erinnern, bin ich hellhörig geworden. Ich weiß nämlich noch sehr gut, wie sie damals getobt hat, als sie von seinen Vergehen erfuhr. Und dann fiel mir etwas anderes wieder ein: Ich habe einmal beobachtet, wie der Koch etwas in ihren morgendlichen Vitaminshake getan hat – angeblich ein Pflanzenextrakt, der jung halten soll. Aber jetzt bin ich sicher, dass der Koch mit Alaric unter einer Decke steckt. Vermutlich haben die beiden ihr einen Trank verabreicht, der bestimmte Erinnerungen unterdrückt.«

Fritz musste an Hildegards Warnung denken, der zufolge Gargor auch außerhalb der Unterwelt Verbündete hatte.

Luzies Stimme klang aufrichtig. Aber vielleicht war sie auch einfach eine gute Lügnerin?

Hildegard jedenfalls schien ihr zu glauben. Sie schlug sich mit der Hand gegen die runzlige Stirn. »Oblivium-Tropfen«, sagte sie. »Natürlich! Warum bin ich darauf nicht selbst gekommen? Ich habe mich schon gewundert, warum sich Ophisthea so komisch verhält. Exzentrisch war sie früher auch schon, aber sie hat sich eigentlich immer gut um ihr Volk gekümmert.«

Aus Richtung der Tür waren plötzlich Stimmen zu vernehmen und alle blickten sich erschrocken um.

»Wir sollten keine Zeit verlieren!«, drängte Luzie.

Dem Feuerfisch hinterherzuschwimmen, war wohl die einzige Chance, die sie jetzt noch hatten. Luzie bewegte sich nach oben, an den Regalen vollgestopft mit Tausenden, vielleicht sogar Millionen Büchern entlang. Hildegard, Olf und die Kinder folgten ihr, so schnell sie konnten.

Als sie hoch genug waren, dass man die Decke des Turms sehen konnte, setzte Fritz' Herz einen Schlag aus. Für den Bruchteil einer Sekunde dachte er, Luzie hätte sie doch belogen und absichtlich in eine Sackgasse gelockt. Aber dann erkannte er in der Decke die Umrisse einer Luke. Das musste der Weg nach draußen sein!

Mit geübtem Handgriff entriegelte Olf die Luke, und sie schwammen durch die Öffnung auf die Aussichtsplattform des Turms. Sie war lichtdurchflutet und bot einen atemberaubenden Blick über die ganze Stadt. Sie mussten sich am höchsten Punkt von Atlantis befinden.

Leider war keine Zeit, die Aussicht zu genießen. Hektisch verriegelte Olf die Luke von außen wieder, während die anderen weitereilten. Neben dem Turm wartete bereits Rocco.

BUMM! Ein kräftiger Stoß ließ die Luke erzittern, durch die sie gerade geschwommen waren. »Sie sind da oben!«, rief jemand, und mehrere gedämpfte Stimmen sprachen durcheinander. Offensichtlich hatten die Wachmänner Verstärkung mitgebracht.

BUMM! Erneut bebte die Luke. Jeden Moment würde entweder das morsche Holz oder der altersschwache Riegel nachgeben.

»Los, in die Gondel mit euch!«, rief Luzie. »Ich werde versuchen, sie aufzuhalten. Rocco weiß Bescheid und bringt euch zum Ort des Rituals!«

Gerade als sie alle in die Gondel des Mantarochens geklettert waren – Olf half Hildegard über den Rand des Korbes –, ertönte ein lautes *KRACH!,* und die Luke zersplitterte.

»Ergreift sie!«, befahl Alaric, der die Wachmänner anführte.

Todesmutig streckte Luzie ihm ihre Stacheln entgegen und stürzte sich auf ihn. Ihre Stiche mussten sehr schmerzhaft sein, denn der Statthalter brüllte aus Leibeskräften und schlug wie von Sinnen um sich.

Während die Wachmänner abgelenkt waren, erhob sich Rocco, und sie segelten in rasantem Tempo vom Turm herunter.

Fritz konnte nicht mehr sehen, was auf der Plattform geschah, aber er hoffte, dass Luzie nichts passierte. Immer wieder blickten sie sich um, in der Erwartung, jeden Moment die Wachmänner hinter sich zu sehen. Erst als der Rochen hinter einen großen Poseidontempel und Richtung Straße schwebte, atmeten sie auf.

»Puh, das war haarscharf!« Olf ließ sich erschöpft auf eine der Bänke fallen. »Ich könnte jetzt einen Algenschnaps vertragen. Verfolgungsjagden bin ich einfach nicht mehr gewohnt.«

Sie waren bereits eine Weile unterwegs, als Fritz auffiel, dass die Häuser, die sie passierten, immer kleiner und weniger prunkvoll aussahen. Je mehr sie sich vom Stadtzentrum entfernten, desto schäbiger wurden die Behausungen. Die prächtig geschmückten Korallenbäume waren vereinzelten Ansammlungen von zerfledderten Wasserpflanzen gewichen, die nicht so wirkten, als seien sie gezielt dort platziert worden. Die Menschen, die Fritz zwischen den Baracken sehen konnte, waren in Lumpen gekleidet.

»Wo bringst du uns hin, Rocco?«, fragte Mari mit großen Augen.

»Luzie hat gemeint, dass ihr zum Friedhof der Geächteten müsst«, erwiderte der Rochen. »Aber sie hat mir nicht verraten, was ihr dort vorhabt. Ich bin nicht oft in dieser Gegend und ehrlich gesagt ganz froh darüber.«

»Friedhof der Geächteten«, wiederholte Fritz leise. Das klang nicht sonderlich einladend. Er wandte sich an Hildegard. »Kennst du dich hier aus?«

Die alte Frau hob die Schultern. »In diesem Viertel bin ich auch noch nie gewesen. Ich wusste nicht einmal, dass dieser Ort existiert.«

»Die Atlanter sprechen ungern darüber«, erklärte Rocco ihnen. »Auf dem Friedhof der Geächteten liegen all jene begraben, die man in den normalen Ruhestätten nicht haben wollte. Damit sie den Seelen der Rechtschaffenen nicht schaden können, heißt es. Angefangen hat es mit Verbrechern und Gesetzlosen, die dort beerdigt wurden, aber später waren es auch welche, die aus anderen, zum Teil fadenscheinigen Gründen nicht mehr geduldet waren. Mit der Zeit hat sich dann um den Friedhof herum dieses Armenviertel entwickelt. Hierhin verirrt sich normalerweise keiner. Alaric hält unsere Stadt sauber und im Gegenzug fragt keiner so genau nach …«

Fritz fand es erschreckend, dass die Atlanter die Augen vor dem verschließen konnten, was sich außerhalb ihres Stadtkerns abspielte. Die Armut, die ihnen hier begegnete, stand im starken Kontrast zu all dem Prunk und Protz, den sie zuvor gesehen hatten.

»So, wir sind da.« Roccos Stimme riss Fritz aus seinen Gedanken.

Sie waren an einer hohen Mauer angekommen, in der sich ein rostiges schmiedeeisernes Tor befand. Das Licht hier war nicht mehr strahlend und golden wie in Atlantis, sondern gelblich und trüb.

»Vielen Dank, Rocco! Mach's gut«, sagte Mari, und sie stiegen nacheinander aus der Gondel.

»Ich hoffe, wir sehen uns mal wieder«, antwortete Rocco. »Viel Glück!« Kurz blickten sie dem Rochen hinterher, der sichtlich froh war, die Gegend schnell wieder verlassen zu dürfen. Fritz konnte ihn gut verstehen.

Vorsichtig drückte Olf gegen das Tor. Es war nicht verschlossen und sie schlüpften hindurch.

Der Friedhof der Geächteten sah nicht so aus, als wäre in letzter Zeit jemand hier gewesen. Die meisten Grabsteine waren bis zur Unkenntlichkeit verwittert und einige von ihnen umgefallen. Manche Gräber hatten nicht einmal einen Stein, sondern nur kleine hölzerne Kreuze oder das, was davon noch übrig war. Algen und andere Wasserpflanzen bedeckten große Teile der Mauer und wucherten über einige Gräber. Fritz lief ein kalter Schauer über den Rücken.

»Dann müssen wir ja jetzt nur noch Hümmerlein und die anderen finden und zurück nach Einöd bringen«, meinte Olf. »Ich hoffe, Luzie hat alles richtig verstanden. Falls das Ritual doch woanders stattfindet, haben wir ein echtes Problem …«

»Nun gehen wir mal davon aus, dass es so ist, wie sie gesagt hat«, klinkte sich Hildegard ein. »Lasst uns noch mal kurz unseren Plan besprechen. Wenn Hümmerlein von Gargor gesteuert wird, müssen wir es irgendwie schaffen, diese Verbindung zu durchbrechen. Und zwar möglichst, bevor er das Ritual durchführen kann.«

»Und wie sollen wir das anstellen?«, hakte Lena nach.

Olf zuckte mit den Schultern. »Zur Not müssen wir eben Gewalt anwenden.«

Das klang ziemlich waghalsig, fand Fritz, zumal sie nicht genau wussten, was sie erwartete. Aber eine bessere Idee hatte er leider auch nicht.

»Was ist denn das da drüben?« Mari hatte in der Nähe der Friedhofsmauer etwas entdeckt.

Neugierig schwammen sie näher. Tatsächlich sah es so aus, als hätte jemand hier ein frisches Grab ausgehoben. Im Meeresboden befand sich eine tiefe Grube und daneben war ein Haufen Sand aufgeschüttet.

»Aber … das Grab ist alt.« Lena deutete auf den Grabstein dahinter. Er war umgefallen und hatte die gleiche Farbe wie die Friedhofsmauer, sodass Fritz ihn beinahe übersehen hätte.

Er schluckte. »Aber das würde bedeuten, dass jemand denjenigen, der hier begraben war, wieder ausgebuddelt hat!«

Mari schwamm zu dem Grabstein und studierte die Inschrift. *»Friedebald Übelbeiß. 1682–1745. Verurteilter Mörder.«* Sie schüttelte sich.

Als sie sich weiter umsahen, entdeckten sie noch mehr solcher Gräber, die erst vor Kurzem geöffnet worden sein mussten. Die dazugehörigen Grabsteine oder -kreuze verrieten ihnen, dass es sich bei allen Verstorbenen um schreckliche Verbrecher gehandelt hatte.

»… elf, zwölf, dreizehn«, zählte Lena. »Dreizehn Gräber. Denkt ihr, die Zahl hat eine besondere Bedeutung? Der verschwundene Atlantis-Kurs besteht auch aus dreizehn Personen, wenn man Hümmerlein mitzählt.«

Hildegard nickte nachdenklich. »Davon gehe ich aus. Ich bin mit den Zaubern der Schattenwelt nicht gut vertraut, aber ich weiß, dass die Zahl Dreizehn dabei oft eine Rolle spielt.«

»Vielleicht braucht Hümmerlein für das Ritual die Knochen der dreizehn schlimmsten Verbrecher oder so«, überlegte Fritz und schluckte.

»Aber wo ist er damit hin?« Olf sah sich suchend um.

Der Friedhof wirkte vollkommen ausgestorben, und das Wasser war hier so trüb, dass ihre Sicht stark eingeschränkt war.

»Seht mal, dort hinten!« Mari deutete auf ein Gebäude im hinteren Teil des Friedhofs.

Als sie näher schwammen, konnten sie erkennen, dass es sich um eine Art Mausoleum handelte. Aus dem Inneren drang ein roter Lichtschein und es war Gemurmel zu vernehmen.

»Ich glaube, hier sind wir richtig«, sagte Olf.

»Und was machen wir jetzt?«, fragte Mari. »Sollen wir da einfach reinschwimmen?«

Hildegard seufzte schwer. »Ich schätze, wenn wir Gargor aufhalten wollen, bleibt uns nichts anderes übrig.«

Das Ritual

Mit einem mulmigen Gefühl in der Magengegend schwammen sie in das Mausoleum. Der Raum, in den sie zuerst gelangten, war bis auf ein paar Särge aus Stein leer. Sie folgten dem roten Lichtschein, der irgendwo aus den Tiefen des Gebäudes zu kommen schien. Hinter den Särgen führte eine Treppe nach unten. Je weiter sie kamen, desto lauter wurde auch das Stimmengemurmel, und Fritz konnte ausmachen, dass mehrere Personen dieselben Worte im Chor sprachen.

Unten angekommen, wandten sie sich nach rechts, wo sich ein größerer Raum befand. Als sie vorsichtig um die Ecke schauten, stockte Fritz der Atem.

Dort waren sie, Hümmerlein und die Teilnehmer seines Kurses. Rote Leuchtkugeln gaben ein flackerndes Licht ab, beinahe wie schwimmende Grablichter. Die dreizehn Menschen saßen im Kreis auf dem Boden, mit Hümmerlein in der Mitte, genau so, wie vor ein paar Tagen im Zelt. Fritz entdeckte auch Herrn Kottel unter ihnen. Sie alle hatten die Augen geschlossen und wirkten wie in Trance, während sie vor sich hinmurmelten. Das Gruseligste aber waren die Gebeine: Vor jedem von ihnen lagen ein Haufen Knochen und ein Schädel.

Unwillkürlich griff Fritz nach Maris Hand und hielt sie fest. »Was haben die vor, Geisterbeschwörung?«

»Sieht ganz so aus.« Mari drückte seine Hand.

Keiner von ihnen wagte es, einen Mucks zu machen, als Hümmerlein den Schädel, der vor ihm lag, in beide Hände nahm und seine Stimme erhob.

Die anderen taten es ihm gleich und gemeinsam sprachen sie die Zeilen:

Komm, dunkler Meister,
komm zu uns und sprich.
Wir und die Geister
warten auf dich.
Greif nach den Knochen, öffne das Tor –
düstere Zeiten stehen bevor.
Gargors Feinde, nehmt euch in Acht.
Bald wird er herrschen in ewiger Nacht!

Zunächst geschah nichts, und Fritz überlegte kurz, ob es wieder einer von Hümmerleins Tricks war. Doch dann sah er, wie die Knochen vor dem Kursleiter anfingen, sich zu bewegen, erst nur ganz leicht, dann erhoben sie sich und schwebten durchs Wasser, um sich zu einem menschlichen Skelett zusammenzusetzen.

Fritz spürte, wie kaltes Entsetzen in ihm hochkroch, aber er konnte nicht wegsehen. Schließlich nahm das Skelett den Schädel aus Hümmerleins Händen und setzte ihn sich auf den Hals. Auch die übrigen Knochenhaufen waren zu Skeletten geworden und traten hinter die Menschen. Herr Kottel und die anderen hielten weiterhin die Augen geschlossen.

Plötzlich ging ein Ruck durch Hümmerlein. Er warf den Kopf nach hinten und sein Oberkörper bewegte sich wie im Takt einer unhörbaren Melodie hin und her. Dann riss er unvermittelt die Augen auf, und Fritz musste sich auf die Zunge beißen, um nicht zu schreien.

Hümmerleins Augen waren komplett schwarz, nicht das geringste Weiß war mehr zu sehen. Als er sprach, ertönte nicht seine eigene, sondern eine fremde Stimme, die so kratzig klang wie das Geräusch eines Nagels auf einer Tafel: »Wie schön, dass ihr euch heute hier versammelt habt. Tote und Lebendige, vereint in einem Kreis.« Dabei verzog sich sein Zahnpastalächeln zu einer grausigen Fratze.

Fritz bekam eine Gänsehaut und fing an zu zittern. »W…was p…passiert da?«

»Sieht ganz so aus, als spräche Gargor durch Hümmerlein«, flüsterte Hildegard.

»Du meinst, Hümmerlein ist *besessen*?«, fragte Lena.

»Ja, wenn du es so ausdrücken willst. Solange das Tor geschlossen ist, kann er zwar nicht körperlich ins Diesseits gelangen, aber offenbar die Energie von Menschen nutzen, um sich zu manifestieren.«

»Das ist so gruselig«, keuchte Mari neben Fritz. Sie hielt seine Hand so fest umklammert, dass sich ihre Fingernägel in seine Haut gruben.

Hümmerlein richtete sich auf, blickte auf den Boden vor sich und hob die Arme. Die anderen Personen und die Skelette bewegten sich wie ferngesteuert um ihn herum, als würden sie einen seltsamen Tanz vollführen.

Und dann geschah etwas. Die Steinplatten unter Hümmerleins Füßen begannen zu beben. Ein Riss erschien und wurde langsam breiter. Aus dem Spalt drang ein schwacher blauer Lichtschein herauf.

»Das Weltentor«, zischte Hildegard. »Es beginnt sich zu öffnen!«

»Oh nein! Wir müssen Hümmerlein aufhalten!«, sagte Lena.

»Setz deine Kräfte ein!« Hildegard zog Mari am Arm, doch die zögerte einen Moment. In ihrem Blick spiegelte sich Verzweiflung, und Fritz war klar, dass sie an ihre Mutter dachte.

Mari schloss die Augen, um sich zu konzentrieren. Vor ihr entstand ein kleiner Strudel im Wasser, der rasch größer wurde und sich auf die Gruppe aus Menschen und Skeletten zubewegte. Schon hatte er Hümmerlein erreicht und erfasste ihn. Der falsche Guru wurde hochgewirbelt und gegen einige der Skelette geschleudert. Der blaue Lichtschein verschwand.

»Aaaaahhhh!!!«, schrie Gargors Stimme erbost. Hümmerlein rappelte sich auf, und seine schwarzen Augen starrten direkt in die Richtung, in der die Kinder, Hildegard und Olf sich befanden.

Er hielt kurz inne, als er sie entdeckte. In seinem Blick spiegelte sich pure Bosheit. »Schnappt sie euch!«

Langsam wandten sich seine Anhänger zu ihnen um. Die Augenhöhlen der Skelette waren ebenso leer wie die Gesichtsausdrücke der Kursteilnehmer. Wie Zombies kamen sie auf die Kinder, Olf und Hildegard zugetorkelt.

Die versuchten zurückzuweichen, aber an der Stelle, wo vorher noch die Treppe gewesen war, befand sich plötzlich eine Wand. Wie war das möglich?

Hümmerlein – oder besser gesagt Gargor – stieß ein höhnisches Lachen aus, das von den Wänden des Mausoleums unheimlich widerhallte. »Ein einfacher Spiegelzauber.« Er deutete auf die Treppe, die sich nun hinter ihm befand. Es war, als hätte jemand das ganze Gebäude um hundertachtzig Grad gedreht und ihnen damit jeden

Fluchtweg versperrt. »Habt ihr wirklich gedacht, dass ihr mich aufhalten könnt?«, fuhr er fort. »Jetzt ist es schon so weit, dass sich der Geheimbund Hilfe von *Kindern* suchen muss. Lächerlich!«

Eins der Skelette hatte Mari erreicht und streckte seine knochigen Finger nach ihr aus.

Blitzschnell ließ sie vor sich eine Wand aus Wasser entstehen und das Skelett flog in hohem Bogen weg. »Lass mich in Ruhe, du Gerippe!«, rief sie wütend.

Hümmerlein hob die Augenbrauen. »Interessant. Du hast großes Potenzial. Wenn du willst, zeige ich dir, was du damit noch alles bewirken kannst.«

»Sag mir lieber, wo meine Mutter ist!«, erwiderte Mari.

Hümmerleins Mund verzog sich zu einem diabolischen Lächeln. »Ach Penelope? Deswegen seid ihr hier? Ich muss euch leider enttäuschen, ihr kommt zu spät.«

»Wie meinst du das?«, fragte Fritz. »Hast du ihr etwas angetan?«

»Glaubt ihr etwa, das verrate ich euch?« Er bleckte die Zähne. »Vielleicht habe ich das, ja. Möglicherweise hat sie aber auch selbst erkannt, dass sie in der Welt der Schatten Großes vollbringen kann, und sich der richtigen Seite zugewandt.«

»Du lügst! Das würde sie nie tun!«, schrie Mari und ließ erneut einen gewaltigen Wasserstrudel auf Hümmerlein zuschießen.

Doch der schnippte einfach mit den Fingern und der Strudel löste sich vor ihren Augen auf. »Mit solchen läppischen Zaubertricks kannst du mich nicht besiegen, Mädchen.« Er lachte abfällig. »Aber freu dich, dir wird heute eine große Ehre zuteil. Du darfst mir dabei zusehen, wie ich mich selbst aus meinem Gefängnis befreie. Jenem Gefängnis, in dem ich nur wegen Penelope und Wunibald gelandet bin.« Er spuckte die Worte geradezu aus. »Es ist schon fast vollbracht. Ich muss nur das Tor vollständig öffnen und dann mit dem Fährmann sprechen. Und glaub mir, ich kann sehr überzeugend sein.«

»Der Fährmann wacht seit Jahrtausenden über den Eingang zum Totenreich«, rief Hildegard. »An ihm ist noch nie jemand einfach so vorbeigekommen – es ist unmöglich, ihn zu bestechen!«

»Das mag sein, aber es ist nicht unmöglich, ihn zu töten«, erwiderte Hümmerlein, und seine Augen blitzten boshaft.

»Du willst ihn umbringen?«, fragte Olf ungläubig.

»Nachdem ich *euch* umgebracht habe, ja! Tatsächlich kommt ihr mir gerade recht. Schließlich ist es die Aufgabe des Fährmanns, die Verstorbenen in die Welt der Schatten zu geleiten. Die hier sind schon so lange tot«, er deutete auf die Skelette, »das wäre nicht besonders überzeugend, wenn ich es mir recht überlege. Aber eure jungen Seelen wird er mit Sicherheit in Empfang nehmen wollen.«

»Du bist ja vollkommen irre!«, schrie Lena ihn an.

Olf hatte unterdessen eine Holzlatte gefunden und streckte sie Hümmerlein entschlossen entgegen. »Du öffnest dieses Tor nur über meine Leiche!«

Hümmerleins Lächeln war kalt wie Eis. »Das lässt sich einrichten.« Er wandte sich an seine Anhänger. *»Tötet sie!«*

Immer näher kamen die hypnotisierten Teilnehmer und Fritz blickte in die ausdruckslosen Augen seines Mathelehrers. Herrn Kottels Miene blieb vollkommen reglos, als er und das Skelett an seiner Seite Fritz und Lena ins Visier nahmen und die Hände nach ihnen ausstreckten.

Wo waren sie da bloß hineingeraten? Verzweifelt tastete er nach irgendetwas, womit er sich verteidigen konnte, aber hinter ihm war nur die kahle Wand.

Olf hieb mit seinem Holzstück auf die Skelette ein, während Mari versuchte, die anderen mithilfe ihrer Kräfte in Schach zu halten. Ein paarmal gelang es ihr, die Angreifer zurückzuwerfen, aber es schien aussichtslos. Sie waren deutlich unterlegen, und es war nur eine Frage der Zeit, bis Gargors Helfer sie überwältigen würden.

»Oh nein«, keuchte Lena neben ihm.

Ich will nicht sterben, dachte Fritz, und sein Herz klopfte so schnell, dass er glaubte, sein Brustkorb müsse jeden Moment zerspringen. Er schloss die Augen, als sich eine knochige Skeletthand um seinen Hals legte.

»Lasst sie los!«, rief in diesem Moment eine Stimme.

In letzter Sekunde

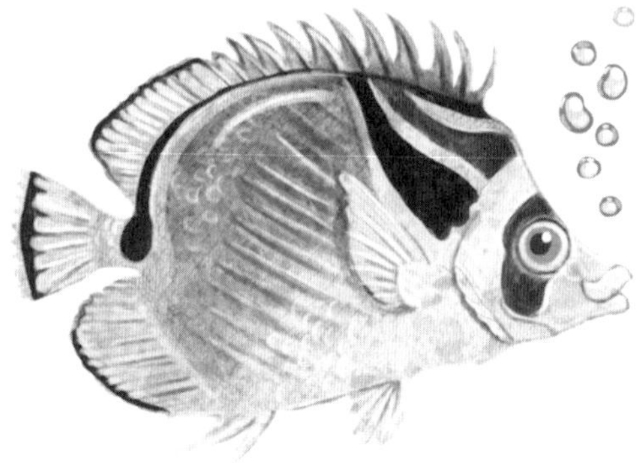

Fritz blinzelte und blickte zu seiner großen Überraschung in das Gesicht von Ophisthea. Die Königin von Atlantis war mit einer Truppe Soldaten am Fuß der Treppe erschienen. Links neben ihr stand Océane und rechts kein anderer als Wunibald. Auch Günther war mitgekommen und hüpfte nervös auf und ab.

»Papa!«, rief Mari freudig.

Die Angreifer hatten von Olf, Hildegard und den Kindern abgelassen und sahen aus, als wüssten sie nicht so genau, was sie jetzt machen sollten.

»Worauf wartet ihr? Tötet sie!«, schrie Hümmerlein noch einmal, und seine Stimme überschlug sich vor Zorn. Doch Ophistheas Soldaten waren bereits dabei, die Teilnehmer und Gerippe einzukreisen.

»Das wird wohl nichts«, sagte Océane nüchtern. »Deine Spione, die du in Atlantis stationiert hattest, haben wir übrigens auch ausfindig gemacht. Sie dürfen jetzt zur Strafe in der Edelsteinmine schuften.«

Rasend vor Wut, ging Hümmerlein auf Mari los. »Das ist alles nur deine Schuld. Und die deiner Mutter! Eines Tages werde ich sie finden, und wenn ich sie in die Finger kriege, dann –«

Weiter kam er nicht, denn Olf hatte ihm mit dem morschen Stück Holz eins übergebraten. Hümmerlein verdrehte die Augen und sackte nach hinten. Keine Sekunde später wurden auch die Kursteilnehmer ohnmächtig, und die dreizehn Skelette fielen in sich zusammen, bis von ihnen nur noch das übrig war, was zuvor unter der Erde gelegen hatte: ein Haufen Knochen.

»Die Verbindung zu Gargor ist unterbrochen«, sagte die Königin. »Er hat keine Kontrolle mehr über sie.«

Herr Kottel war direkt vor Fritz' Füßen zu Boden gefallen.

»Oje.« Fritz beugte sich hinunter, um seinen Puls zu fühlen. Dieser war zwar schwach, aber noch spürbar. Auch wenn er seinen Mathelehrer nicht mochte, tat er ihm irgendwie leid. Er konnte ja nichts dafür, dass er Hümmerlein beziehungsweise Gargor auf den Leim gegangen war. Aus dem Augenwinkel sah er, dass auch Mari neben einer Person kniete.

»Keine Sorge, die schlafen sich jetzt erst mal aus«,

meinte Océane. »Wir werden sie mit Trixi zurück an Land bringen. Inklusive dem da.« Sie zeigte auf Hümmerlein. »Er hat sie mithilfe der Virtual-Reality-Brillen hypnotisiert, und in dem Trank war dieselbe Substanz wie in euren O2-Gums, nur wesentlich stärker konzentriert. Dadurch konnten sie sich so lange unter Wasser aufhalten. Ich vermute stark, dass sie sich an nichts mehr erinnern werden, sobald sie aufwachen. Und falls doch, helfen wir eben ein bisschen nach.« Sie lächelte Günther an.

Einige Soldaten untersuchten den kunstvoll verzierten Boden, in dem vorhin noch der Riss gewesen war, doch es war nichts mehr zu sehen.

»Aber … ich verstehe immer noch nicht, was gerade passiert ist«, sagte Mari, die sichtlich durcheinander war. »Was machst du überhaupt in Atlantis, Paps? Und wie habt ihr uns gefunden?«

Wunibald seufzte schwer. »Nachdem du verschwunden bist, habe ich eingesehen, dass ich … nun ja, vielleicht ein wenig überreagiert habe. Ich habe mich so schnell wie möglich mit dem Geheimbund in Verbindung gesetzt. Na ja, und meinen Kompass hatte ich ja noch …«

»Ich denke, es ist das Beste, wenn ihr erst mal alle mit in den Palast kommt«, sagte die Königin. »Dort können wir uns in Ruhe unterhalten. Außerdem seid ihr sicher hungrig. Ich habe in der Küche eine Kleinigkeit für euch vorbereiten lassen.«

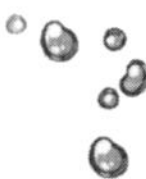

Die »Kleinigkeit« entpuppte sich als wahres Festmahl, an dem nicht nur Günther seine Freude hatte. Fritz mochte zwar das Essen in Almaris unheimlich gerne, aber was die Königin von Atlantis ihnen auftischte, war noch um einiges beeindruckender. Feine Süppchen, die ihre Farbe veränderten, kunstvoll geschnitzte Häppchen mit Aromen, die Fritz noch nie zuvor begegnet waren, und eine unglaubliche Auswahl verschiedener Desserts wurden ihnen aufgetragen, bis alle pappsatt waren.

Fritz war erleichtert gewesen, bei ihrer Rückkehr in den Palast auf Luzie zu treffen, die sich jetzt mit Günther einträchtig einen Teller voller bunter Törtchen teilte. Der Feuerfisch wirkte zwar ein wenig mitgenommen, war aber wohlauf – was man von Alaric nicht gerade behaupten konnte. Der Statthalter war von Stichen übersät ins Krankenhaus gebracht worden und würde sich nach seiner Genesung vor der Königin verantworten müssen.

»Ich bin froh, dass wir gerade noch rechtzeitig gekommen sind«, sagte Ophisthea. »Ich hätte es mir nie verziehen, wenn euch etwas passiert wäre. Luzie hat mir ein Gegengift verabreicht, und nachdem ich mich wieder an Gargor erinnern konnte, habe ich natürlich alles darangesetzt, euch zu helfen. Er war früher sozusagen meine rechte Hand, müsst ihr wissen, und hat sich zum Beispiel um meine Schlangenzucht gekümmert.« Eine ihrer Schlangen wand sich gerade mal wieder aus der Haartracht und beäugte den Teller der Königin. Ophisthea streichelte ihr gedankenverloren über den Kopf. »Irgendwann habe ich bemerkt, dass er dabei mit schwarzer Magie experimentiert hat und manche meiner Schlangen sich seltsam verhielten. So muss auch Nyx entstanden sein.« Sie runzelte die Stirn. »Ich kann mir allerdings immer noch nicht ganz erklären, wie Gargor es geschafft hat, Atlantis zu unterwandern, ohne dass ich es bemerkt habe.«

»Er hat während seiner Zeit in der Unterwelt offenbar seine telepathischen Fähigkeiten trainiert«, sagte Hildegard nachdenklich. »Es ist wirklich beunruhigend, dass seine Kräfte über die Grenzen der Welten hinaus wirken. So kann er großen Schaden anrichten, ohne körperlich anwesend zu sein. Und in Hümmerlein hatte er ein dankbares Opfer gefunden.«

»Wie geht es ihm und den Einödern eigentlich?«, fragte Fritz.

»Margot hat mir vorhin eine Nachricht geschickt. Sie sind wohlauf, nur ein bisschen verwirrt. Sie hat ihnen erzählt, dass sie auf einer einsamen Insel aufgegabelt und offenbar von jemandem vergiftet wurden – Letzteres stimmt ja sogar indirekt.«

»Sie waren nicht die Einzigen, die von diesem Möchtegern-Monarchen unter Drogen gesetzt wurden«, fauchte die Königin. »Offenbar hat mein Koch mir das Oblivium schon seit Monaten verabreicht. Und ich dachte, es sei ein Mittel gegen Falten!« Sie schnaubte verächtlich.

»Aber wie sind Hümmerlein und sein Kurs überhaupt nach Atlantis gekommen?«, wollte Lena wissen.

»Gargor kennt sich hervorragend mit Spiegelzaubern aus«, antwortete die Königin. »Als er noch für mich gearbeitet hat, war er unter anderem für die Tarnzauber von Atlantis zuständig. Vermutlich hat er einen solchen genutzt, um die Menschen unbemerkt aus Einöd am Meer zu bringen.«

»Er muss einen seiner Handlanger damit beauftragt haben, ein geeignetes Opfer ausfindig zu machen«, erklärte Océane. »Und als Hümmerlein beim Tauchen im Indischen Ozean nach dem Sinn des Lebens suchte, ließen sie ihn einen der Kompasse finden. Gargor muss leichtes Spiel gehabt haben, in seine Gedanken einzudringen, weil Hümmerlein durch das ganze Seeigel-Gift sowieso schon ziemlich durcheinander war.«

Fritz musste schlucken. Sie hatten Gargor also unwissentlich in die Karten gespielt, als sie Hümmerleins Schiff versenkt und Günther auf ihn losgelassen hatten.

Als hätte er seine Gedanken gelesen, legte Olf ihm eine Hand auf die Schulter. »Mach dir keine Sorgen deswegen. Ihr hattet damals keine andere Wahl. Und vermutlich wäre es so oder so passiert. Aber wir sollten diesen selbst ernannten Guru von nun an gut im Auge behalten, falls seine Gedanken noch mal manipuliert werden.«

»Können wir nicht irgendwie verhindern, dass Gargor erneut angreift?«, fragte Fritz.

Ophisthea seufzte tief. »Das ist keine leichte Aufgabe. Wir haben einige der mächtigsten Zauberer nach Atlantis einbestellt. Gemeinsam mit ihnen werden wir eine Strategie entwickeln, damit sich das Tor nicht wieder öffnen kann.«

Mari horchte auf. »Aber was ist mit meiner Mutter?«

Die Königin hob beschwichtigend die Hände. »Wir werden beratschlagen, welche Möglichkeiten wir haben. Aber fürs Erste ist es besser, wenn wir dafür sorgen, dass Gargor nicht ausbrechen kann. Wir werden die Sicherheitsvorkehrungen verschärfen. Dafür stelle ich dem Geheimbund meine Soldaten zur Seite.«

»Das bedeutet, für meine Mutter wird es unmöglich sein, jemals zurückzukehren?«, fragte Mari niedergeschlagen.

»Glaub mir, wir finden eine Lösung«, sagte jetzt Wunibald. »Wir müssen nur bedacht handeln. Du hast Gargor damals nicht erlebt, du weißt nicht, wozu er fähig ist. Aber Penelope ist stark, sie kann auf sich aufpassen. Das hat sie auch schon die letzten zwei Jahre bewiesen.«

Fritz fand, dass Maris Vater schrecklich müde aussah.

Es war ihm davor nicht so sehr aufgefallen – oder aber Wunibald hatte es geschickt überspielt –, doch jetzt erkannte Fritz, wie sehr die Sorge um Penelope auch an ihm zehrte.

Mari schien das Gleiche zu denken, denn sie nickte nur stumm. Fritz spürte einen Kloß im Hals. Sie hatten zwar verhindert, dass Gargor das Tor erneut öffnete, aber was Penelope anging, waren sie keinen Schritt weiter als vorher. Er wollte Mari so gerne helfen, sie irgendwie trösten, wusste aber nicht, wie. Deshalb nahm er einfach nur ihre Hand und hielt sie fest. Mari drückte seine und schenkte ihm ein schwaches Lächeln.

Im
Zwiespalt

Trotz der späten Stunde und obwohl er vollkommen erschöpft war, fand Fritz keinen Schlaf. Er war froh, dass sie heute nicht mehr nach Hause reisen mussten. Die Königin hatte ihnen angeboten, im Palast zu übernachten und sich am nächsten Morgen von ihren Leuten zurück nach Einöd bringen zu lassen.

Fritz und Lena hatten das Angebot dankbar angenommen, nachdem sie sich bei Jacky vergewissert hatten, dass ihre Eltern sie noch nicht vermissten. Eigentlich hätten die Zwillinge ihr am liebsten gleich alles erzählt, es war allerdings nur ein sehr kurzes Telefonat gewesen, weil Jacky noch irgendetwas Wichtiges für Mitternacht hatte vorbereiten wollen.

Nun lag Fritz schon seit geraumer Zeit wach und zerbrach sich den Kopf. Es musste doch eine Möglichkeit geben, wie sie Penelope befreien und Gargor ein für allemal besiegen konnten! Er ließ ihr letztes Abenteuer noch einmal Revue passieren: Wie sie gegen die Lumis gekämpft hatten und wie Penelope mit dem Amulett des Poseidon durch das Tor geschwommen war, um es zu verschließen. Er hatte das Gefühl, dass sie irgendetwas übersehen hatten, aber ihm fiel partout nicht ein, was es war.

Ein leises Klopfen riss ihn aus seinen Gedanken. Zunächst glaubte er, es sich nur eingebildet zu haben, aber dann klopfte es erneut. Vielleicht Lena, die auch nicht schlafen konnte?

»Herein«, sagte Fritz.

Die Tür öffnete sich und Mari schwamm ins Zimmer. Zu seiner Überraschung war sie nicht im Schlafanzug wie er, sondern trug ihre Kleidung vom Vortag: schwarze Jeans, ein schwarzes Sturmpiraten-Shirt und eine passende Mütze.

»Äh … planst du einen Einbruch oder so was?«, fragte er irritiert.

Mari grinste. »Nicht ganz. Aber ich hab eine Weile nachgedacht und beschlossen, dass ich nicht so einfach aufgeben werde.«

Fritz setzte sich auf. »Wie meinst du das?«

Mari kam zu ihm und ließ sich auf der Bettkante nieder. »Du erinnerst dich doch bestimmt an Hildegards Prophezeiung, oder?«

»Klar. Nur du kannst das Weltentor für immer versiegeln, indem du mit den Artefakten von Poseidon und Hades hindurchschwimmst.«

»Genau. Meine Mutter hat es nach dem Kampf gegen Nyx und die Lumis zwar geschafft, das Tor von einer Seite zu schließen, aber ich vermute, dass Gargors Kraft deswegen noch weiterwirken kann, weil er schon viel zu mächtig und das Siegel mit nur einem Artefakt nicht stark genug ist. Die einzige Möglichkeit, ihn wirklich zu besiegen, wäre …«

»… das zweite Artefakt zu finden«, beendete Fritz ihren Satz.

Genau das war es, wonach er vorhin gesucht hatte. Es klang eigentlich ziemlich logisch.

»Aber wie willst du das anstellen? Gargors Ritual ist doch gescheitert, und das Tor ist noch zu, oder nicht?«

Ein geheimnisvolles Lächeln umspielte Maris Lippen.

»Vielleicht war es doch erfolgreich und keiner hat es gemerkt. Nicht einmal Gargor selbst.«

Fritz lehnte sich vor. »Was soll das heißen?«

»Du hast doch gesehen, dass im Boden für einen kurzen Moment ein Riss erschienen ist, aus dem blaues Licht kam, oder?«

Fritz nickte, so weit konnte er ihr noch folgen.

»Na ja, bevor sich der Riss wieder ganz geschlossen hat, habe ich den Schlüsselstein aus der Edelsteinmine hineingelegt. Der alte Mann hat gesagt, dass er Türen öffnen und mir helfen kann, das zu bekommen, was ich mir am meisten wünsche, weißt du noch? Nun, ich wünsche mir nichts mehr, als meine Mutter zurückzuholen. Daran habe ich gedacht, als ich den Stein dort positioniert habe. Ich hoffe, es hat funktioniert.«

Fritz sah sie entgeistert an. »Du meinst, du hast das Portal absichtlich offen gehalten?«

»Bingo. Und ich werde da jetzt reingehen, um das zweite Artefakt zu holen und Penelope zurückzubringen«, sagte sie entschlossen. »Von den anderen tut ja niemand was, da kann ich warten, bis ich schwarz werde. Begleitest du mich bis zum Friedhof? Ich könnte etwas seelischen Beistand gebrauchen, bevor ich mich in den Schlund zur Hölle stürze.« Sie zog eine Grimasse.

Fritz schluckte. Mari vom Gegenteil zu überzeugen, würde ohnehin nicht funktionieren, das wusste er. Wenn sie sich einmal etwas in den Kopf gesetzt hatte, dann zog sie das auch durch. Bevor er es sich anders überlegen konnte, sagte er: »Okay.«

Lena zu überreden, war schon deutlich schwieriger. »Ich verstehe ja, dass du deine Mutter retten willst, aber was du da vorhast, ist Selbstmord!«

»Hildegards Prophezeiung besagt, dass nur ich den Kampf zwischen den beiden Welten entscheiden kann«, erwiderte Mari.

»Aber sie hat nicht gesagt, ob du diesen Kampf überleben wirst! Selbst *wenn* es dir gelingen sollte, Gargor zu besiegen, kannst du dabei draufgehen.«

Mari zuckte mit den Schultern. »Ich muss es zumindest versuchen, könnt ihr das nicht verstehen?«

Fritz konnte es sogar sehr gut verstehen, aber er musste seiner Schwester ebenfalls recht geben. Der Gedanke daran, Mari zu verlieren, schnürte ihm die Kehle zu.

Mit klopfendem Herzen schlüpfte er in seine Klamotten, während Mari das Fenster öffnete und nach Günther Ausschau hielt. Dieser wartete bereits vor dem Schloss und sollte ihnen ein Zeichen geben, sobald die patrouillierenden Wachen um die Ecke bogen und die Luft rein war.

»Wir müssen Mari unbedingt daran hindern, das zu tun«, flüsterte Lena ihm zu.

»Aber wie?«, fragte Fritz leise zurück. »Du kennst sie doch! Sie wird sich nicht einfach von ihrem Plan abbringen lassen.«

»Ich weiß es auch nicht, wir müssen eben improvisieren«, meinte Lena.

Ihnen blieb keine Zeit, weiter zu diskutieren, denn in diesem Moment machte Günther sich bemerkbar und Mari kletterte aus dem Fenster. Den Zwillingen blieb nichts anderes übrig, als ihr zu folgen.

Sich klammheimlich irgendwo hinauszuschleichen, war für sie mittlerweile fast schon Routine geworden. Und doch wünschte sich Fritz diesmal, dass sie jemand entdecken würde. Als sie den großen Schlossgarten passierten, sah er sich um, ob hinter einer der Statuen vielleicht jemand hervorspringen und sie aufhalten würde.

Aber nichts dergleichen geschah. Sie konnten den Park unbehelligt verlassen und draußen wartete bereits Rocco auf sie.

»Ich hoffe, du hast einen guten Grund, mich so spät noch herzubestellen, Mari«, gähnte er.

»Tut mir leid«, sagte Mari entschuldigend. »Wir können nicht darüber sprechen, aber es ist wirklich sehr wichtig.«

Die Reise zum Friedhof verlief anders als die erste.

Jetzt bei Dunkelheit erschien Fritz der Weg dorthin viel gruseliger als ein paar Stunden zuvor. Vielleicht war es aber auch seine innere Anspannung. Am liebsten hätte er Rocco gebeten, wieder umzukehren, aber er wusste, dass das keine Option war. Was, wenn Gargor sie schon erwartete und seine Drohung wahr machte? Er hatte gesagt, dass er sie töten wollte. Blödsinn, dachte Fritz, dazu müsste er ja erst einmal den Fährmann überlisten, und das war anscheinend selbst für Gargor kein Kinderspiel. Und womöglich hatte Maris Trick gar nicht funktioniert und das Tor war nach wie vor verschlossen? Ihm blieb nur, sich an diese Möglichkeit zu klammern.

»Ich glaub, ich hab gerade ein Déjà-vu«, murmelte Lena, als sie sich von Rocco verabschiedet hatten und den Friedhof betraten. Die Knochen der Verstorbenen waren von den Soldaten der Königin wieder beerdigt und die Gräber notdürftig zugeschüttet worden. Günther begann, bei dem Anblick zu zittern.

Keiner der vier sprach ein Wort, während sie ins Mausoleum schwammen, zu der Stelle, an der das Ritual stattgefunden hatte.

Fritz wollte bereits aufatmen, als er sah, dass der Boden unter ihnen unversehrt wirkte. Nirgends war ein Riss zu erkennen.

Doch Mari hatte offenbar etwas entdeckt. »Schaut mal, ich glaube, es hat funktioniert!«, jubelte sie. Vor ihnen am Boden lag der Schlüsselstein. Aber er lag dort nicht einfach, sondern es sah aus, als sei er in den Steinboden eingelassen worden. Mari streckte die Hand danach aus.

»Warte!« Lena hielt sie am Arm fest. »Was ist, wenn Gargor genau das wollte?«

Mari kniff die Augen zusammen. »Wie meinst du das?«

»Ich hatte bei dem alten Mann vor der Mine ein ganz komisches Gefühl«, sagte Lena. »Wäre es nicht denkbar, dass er auch einer von Gargors Helfern war?«

»Das könnte wirklich sein«, pflichtete Fritz seiner Schwester bei. »Findest du nicht, dass das hier ein ziemlich großer Zufall ist? Vielleicht *wollte* Gargor, dass du den Stein benutzt und das Tor offen hältst!«

Mari dachte einen Moment nach. »Denkbar ist es«, gab sie zu. »Trotzdem muss ich es einfach versuchen, versteht ihr?«

Fritz nickte langsam, obwohl ihm vor Aufregung beinahe schlecht war.

Gebannt sah er zu, wie Mari den Stein vorsichtig berührte und versuchte, ihn nach rechts zu drehen. Tatsächlich, er bewegte sich ein kleines Stück!

Dann ertönte von tief unten ein dumpfes Grollen und die Kinder wichen unwillkürlich zurück. Die Fliese, in der der Schlüsselstein steckte, zerbrach in zwei Teile und blaues Licht schoss aus dem Riss empor. Kleine Steine und Erde rieselten hinunter in ein immer größer werdendes Loch. Fritz hatte das Gefühl, dass es spürbar kälter geworden war. Mit pochendem Herzen betrachtete er die Öffnung. Sie war gerade groß genug für einen Menschen. Er konnte nicht erkennen, wohin der dunkle Tunnel führte, der darunterlag.

Mari war neben ihn getreten und schien einen Moment zu zögern. »Okay, jetzt wird es wohl ernst …«

Sie setzte sich hin und ließ die Beine über die Öffnung baumeln. Günther lugte über ihre Schulter hinweg in den schwarzen Abgrund. »Hui, sieht ganz schön ungemütlich aus dort unten …«

Einem plötzlichen Impuls folgend, packte Fritz Mari am Arm. »Mari, du kannst da nicht alleine reingehen. Wenn du gehst, dann … dann kommen wir mit!«

Mari starrte ihn ungläubig an. »Wirklich?«

»Wir sind deine Freunde und wir lassen dich nicht im Stich. Entweder wir gehen zusammen oder gar nicht.«

Auch Lena nickte, obwohl in ihren Augen Tränen standen. Sie unternahm einen letzten Versuch. »Bist du dir ganz sicher, dass du das tun willst?«

Mari sagte nichts, doch als sie ihnen in die Augen blickte, wusste Fritz, was die Antwort war.

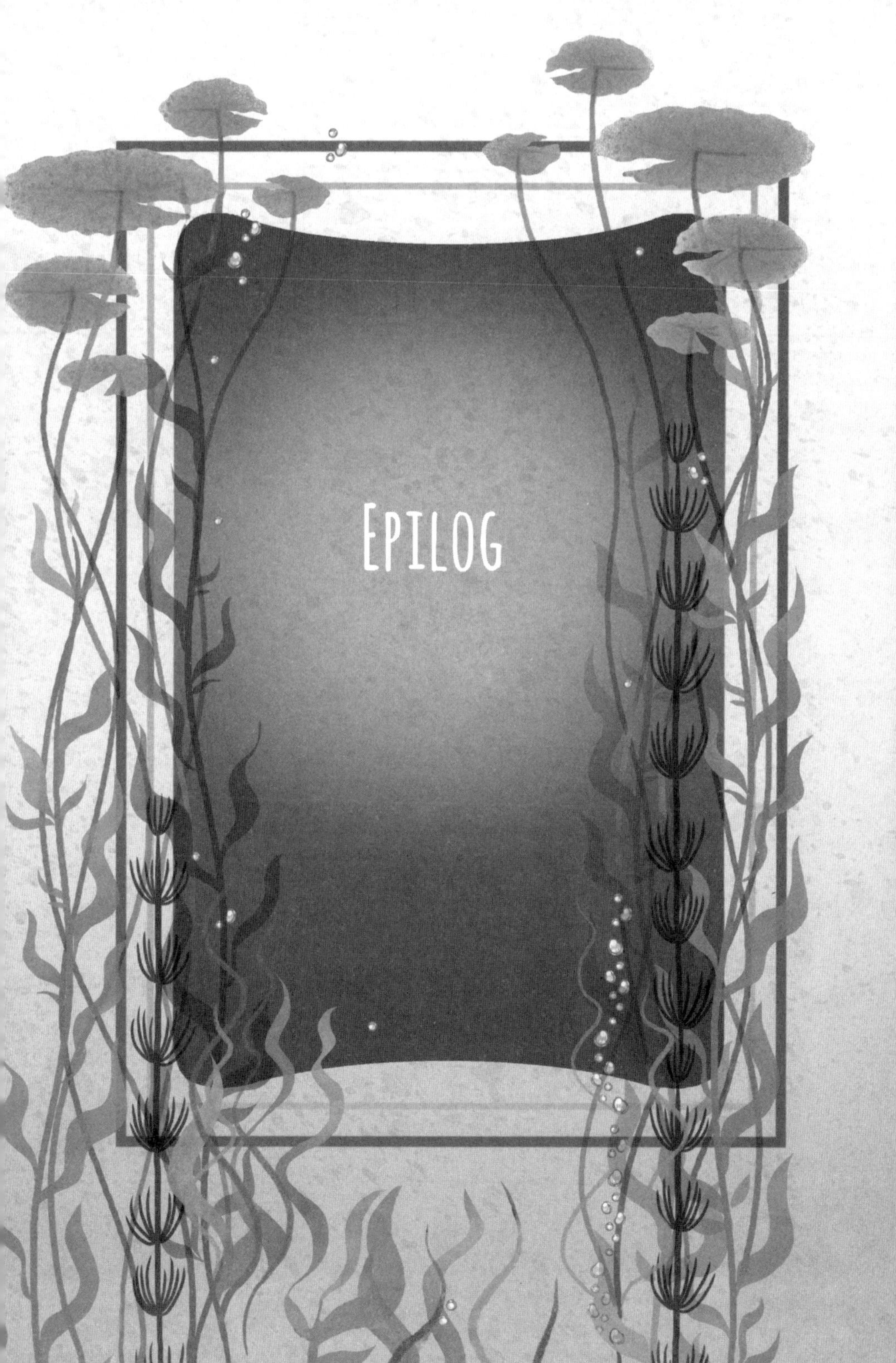

Epilog

Von seinem Leuchtturm aus genoss Harald Katzbuckel einen guten Blick auf das Einöder Silvesterfeuerwerk. Er hatte sich eine Tüte Chips aus dem Kiosk von Frau Käsebrock geholt – seine Lieblingssorte mit Zwiebelgeschmack – und es sich in seinem Leuchtturmwärterstuhl gemütlich gemacht. Es war zwar ziemlich zugig hier oben, aber mit den neuen Wärmesohlen, die ihm Frau Käsebrock empfohlen hatte, blieben seine Füße schön warm.

Obwohl es noch nicht Mitternacht war, konnten es ein paar Einöder wohl nicht erwarten und feuerten bereits erste Raketen ab.

Wie jedes Jahr erfreute sich Harald an dem leuchtenden Spektakel, das sich um den Hafen herum abspielte. Bürgermeister Hasenknopf hatte wieder ganze Arbeit geleistet, obwohl einige Umweltschützer im Vorfeld dagegen protestiert hatten. Angeblich erschreckte das Geböller die Fische und der Plastikabfall von den Raketen würde im Meer landen. Das war zwar nicht von der Hand zu weisen, dennoch war Harald froh, dass der Bürgermeister sich am Ende durchgesetzt hatte und das Feuerwerk wie gewohnt stattfand.

Er ließ seinen Blick zum fast menschenleeren Strand schweifen, wo ein Liebespaar eng aneinandergekuschelt auf einer Decke saß und zum Himmel schaute. Wahrscheinlich überlegten sie gerade, was das neue Jahr für sie bringen würde.

Harald sah auf die Uhr. Eine Minute vor Mitternacht. Es wurde langsam Zeit. »Du musst einfach nur um Punkt zwölf das Leuchtfeuer einschalten und das Schiff anstrahlen«, war ihre Anweisung gewesen.

Er wusste zwar nicht genau, was sie vorhatte, aber er hatte es aufgegeben, alles zu hinterfragen, was die jungen Leute so machten. Vor allem Leute mit lilafarbenen Haaren. Und es war auch nicht unbedingt so, dass sein Job ihm sonderlich viel Abwechslung bot. Deshalb hatte er eingewilligt, den kleinen Spaß mitzumachen. Tatsächlich war er auch ein wenig neugierig, was sich die Sturmpiraten diesmal ausgedacht hatten. Seit sie in Einöd am Meer wohnten, hatten sie das kleine Städtchen ganz schön aufgemischt. Einige Leute wollten Jacky sogar für die nächste Bürgermeisterwahl vorschlagen, aber das war natürlich absurd.

Tuuuut! Die Schiffshupe verriet ihm, dass die *Roxana* jetzt in Position war. Harald rappelte sich auf und schlurfte hinüber zum Leuchtfeuer. Er schaltete es ein und richtete den Lichtstrahl genau auf das Schiff.

Als das helle Licht auf die Steuerbordseite der *Roxana* traf, konnte man sehen, dass jemand ein großes Graffiti darauf gesprüht hatte. Harald kniff die Augen zusammen, um die Buchstaben entziffern zu können.

Klaus, willst du mich heiraten?, stand dort in roter Schrift, und daneben hatte jemand ein Herz gemalt.

Harald musste grinsen. Okay, das war wirklich ganz originell.

Er blickte wieder hinunter zu dem Pärchen. Die Antwort auf die Frage konnte er leider nicht hören – sie wäre ohnehin im Silvestergeböller untergegangen, das gerade um sie herum explodierte. Aber die beiden lagen sich in den Armen, was wohl ein gutes Zeichen war.

Ach ja, dachte Harald, wie schön wäre es doch, noch mal ein paar Jährchen jünger zu sein. Er mochte seinen Beruf zwar, aber manchmal fühlte er sich auch ein wenig einsam. Vielleicht war es an der Zeit, Frau Käsebrock einmal zum Tanztee einzuladen, überlegte er. Ja, warum eigentlich nicht? Er würde sie gleich morgen fragen.

Harald schob sich zufrieden eine Handvoll Chips in

den Mund und schaute noch eine Weile zu dem verliebten Paar hinunter, bevor er sich wieder dem Feuerwerk widmete.

Den stechend blauen Lichtschein, der aus der Tiefe des Meeres zu kommen schien und für den Bruchteil einer Sekunde die dunklen Wellen zerschnitt, bemerkte er nicht.

MARIS BISHERIGE ABENTEUER

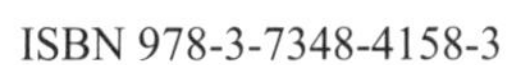

ISBN 978-3-7348-4158-3

ISBN 978-3-7348-4159-0

ISBN 978-3-7348-4160-6

Die Zwillinge Fritz und Lena können es kaum fassen: Ihre schräge neue Mitschülerin Mari ist eine echte Meerprinzessin! Und sie braucht dringend Hilfe. Dabei, Almaris, ihr Reich unter dem Meer, vor neugierigen Menschenaugen zu schützen. Das magische Amulett des Poseidon davor zu bewahren, in falsche Hände zu geraten. Oder dem mysteriösen Geheimbund des Nautilus im Kampf gegen böse Mächte beizustehen. Für die drei Freunde beginnt eine Reise in die Tiefen des Ozeans, die sich gewaschen hat …

Auch als Hörbücher bei Magellan Audio erschienen, gelesen von „Die drei ???"-Sprecher Jens Wawrczeck.

Natürlich magellan©

Wir pflanzen Bäume
Für unsere Umwelt
www.magellanverlag.de

Hergestellt in Deutschland
Gedruckt auf FSC®-Papier
Lösungsmittelfreier Klebstoff
Drucklack auf Wasserbasis

1. Auflage 2022

Text: Christiane Rittershausen
Illustrationen: Nina Dulleck
Umschlaggestaltung: Christian Keller
unter Verwendung einer Illustration von Nina Dulleck
Druck: CPI, Leck
ISBN: 978-3-7348-4161-3

www.magellanverlag.de